野いちご文庫

孤高の極上男子たちは
彼女を甘く溺愛する

高見未菜

STARTS
スターツ出版株式会社

目次

「やっぱお前、とびきり甘いね」

理性を狂《くる》わすほどの甘さの虜《とりこ》になったら――。

神葉伽耶《しんばかや》

×

蜜澤心寧《みつざわここね》

「……お前の唇《くちびる》甘すぎて溺《おぼ》れそうになる」

もっと壊したい。

「心寧の甘さ独占《どくせん》できるのは俺だけでいいんだよ」

もっと溺れさせたい。

「ひと晩ずっと抱きつぶしたくなるくらい可愛いよ」

あますことなく愛したい。

熱っぽい瞳《ひとみ》、甘い体温、危険な誘惑……。
どうしたって惹《ひ》かれ合ってしまう。
だったらいっそ——。

「なぁ、心寧……俺をその気にさせてみろよ」

甘やかな蜜《みつ》に酔《よ》いしれたい。

一章

苦い現実

みんなが平等で生きやすい世界なんて、存在するわけない。

いつしかこんな考え方になってしまったわたし、蜜澤心寧。高校三年生。

「お疲れさまでした。お先に失礼します」

「もう暗いから気をつけて帰るんだよー？　最近このへん物騒《ぶっそう》らしいから」

「はい、ありがとうございます」

バイト先の店長にさらっと挨拶《あいさつ》をすませて、裏口から出た。

高校一年生のころに見つけた小さな和菓子屋さんで、接客とレジ対応のバイトをしてる。放課後と休みの日はバイト三昧《ざんまい》で、できることならもっと働きたいくらい。

バイトの時間は余計なことを考えなくていいし、気が楽だから。

今から家に帰るってだけで、気が重くなる……。

「はぁ……どこかで時間つぶそうかな」

スマホで時間を確認して、なんとなくニュースのアプリを開く。トップページには、フォークがケーキを襲《おそ》ったニュースが載っている。

この世界には、ごくまれに〝ケーキ〟と〝フォーク〟と呼ばれる特性を持った人間がいる。

フォークには味覚がなく、ケーキの身体《からだ》だけが特別甘く感じる……らしい。そして、本能的にケーキの甘さを求めてしまう。

フォークにとって唯一《ゆいいつ》甘さを感じる……それがケーキ。ほとんどが自分がケーキだという自覚はなく、フォークに出会って気づくことが多い……らしい。

最近、同意なくフォークがケーキを襲うニュースをよく見るようになった。

わたしには関係ない世界のことだから、あまり詳しいことは知らないけど。

家とは反対の方向へ足を進めようとしたら、ふと目の前に人影が。

パッと顔をあげると、男の人がひとり立っていた。

「今日はいつもより出てくるの遅かったね」

この人……たしかレジで何度か見たことある。

接客以外で話したこともないし、お店のお客さんっていう認識なんだけど。

そんな人が、なんで従業員が出入りする裏口にいるの？

「平日は学校終わりだから、退勤時間はいつもこれくらいだっけ？　土日は午前中にシフト入ってるときもあるもんね」

まるで、ぜんぶ把握《はあく》してるみたいな言い方。それに、わたしを見る笑顔がとても不気味《ぶきみ》で。

「あの、すみません。急いでるので」

「え、でも家に帰るわけじゃないでしょ？　こっちに行くなら家とは逆方向だし」

もしかして、家まで知られてる……？　さすがに冷静ではいられなくなる。

このまま無視して逃げなきゃ危ない。

「まって！　どうして逃げるんだよ⁉」

声を荒らげて、強い力でわたしの腕をつかんできた。

「や、やめてください」

「あぁ、そうやって俺を見る目も可愛いよ。俺もずっとキミのこと見てたから。俺たち惹かれ合ってるんだもんね！　大丈夫、キミが俺を好きだっていうのは、ちゃんと伝わってるから！」

こ、この人は何を言ってるの……？　間違いなく助けを呼ばなきゃいけない状況。

……だっていうのに、恐怖から声が思うように出ない。でも、ちゃんと断らないと。

「こういうの、ほんとに迷惑……です」

「どうしてそんなこと言うんだ⁉　俺はこんなにキミが好きなのに！」

これは逆撫《さかな》でしてしまった……かも。

どうしてこうも、わたしの身の回りはうまくいかないことばかりなの。

自分の運の悪さに、心底落ち込んでいると……。

「……なぁ、そんなとこで何してんの？」

声のするほうに目線を向けて、心臓が飛び出るかと思った。

だって、そこにはわたしが到底近づくことなんか許されない――憧《あこが》れの存在でもある人がいたから。

暗くて少し顔は見えないけど、〝彼〟であることは間違いない。

本当は自分でなんとかしたいけど……今はなりふり構っていられない。

「あ、あの……たす、けて……ください」

せっかくのチャンスなのに、ひ弱な自分の声が嫌になる。語尾のほうなんか、ほぼ消えていた。

わたしは、こういうところがダメなんだ。自分の情けなさを責めてる場合じゃないのに。

「その手、離してやれよ」

「お前には関係ないだろ!?　これは俺と彼女の問題で――」

「……離せって言ってんの聞こえない？」

ドスのきいた低い声。一瞬《いっしゅん》でこの場の空気がピリついた。

わたしをつかむ手の力が、少しゆるくなったのがわかる。

「お、お前こそなんなんだよ!?」

「ただの通行人」

「はぁ!?　意味わかんねーこと言っててんじゃねーよ！」

拳《こぶし》を振りあげて、殴《なぐ》りかかろうとしたのが見えた。だけど、その拳は空《くう》を切った。

「あーあ……そっちから手出したんだから、これって正当防衛《せいとうぼうえい》だよな」

簡単にかわした彼――神葉くんの動きが、とてもきれいだった。

そして、あっという間に形勢逆転。

さっき殴りかかろうとした男の人は、神葉くんによって腕を拘束《こうそく》され、背中を蹴《け》られて地面に膝をついた。

「加減とかわかんねーけど」

「ぐぁ……っ、う」

圧倒的な強さを見せつけられた。今この瞬間《しゅんかん》、彼に逆らえば間違いなくただじゃすまないって……それを証明されてるようで。

相手の男の人は、隙《すき》を見ておびえた様子で立ち去っていった。

嘘みたいな目の前の光景《こうけい》。だって、今わたしを助けてくれた男の子は――。

「神葉……くん」

「俺のこと知ってんの？」

わたしの通う学園には〝アメール〟と呼ばれる絶対的権力を持つ三人組がいる。

そのトップに君臨《くんりん》するのが神葉伽耶くん――。

アメールは誰もが憧れる存在であり、そう簡単に近づくことは許されない。とくに神葉くんは、アメールの中でも他者を圧倒するほどの力の持ち主であり、彼に逆らった者は学園から存在ごと消されると噂《うわさ》で聞いたことがある。

神葉くんの家は裏の組織とつながりがあるとか、政界にも顔が利くとか。

学園にも多額の寄付をしており、学園の理事たちも何も言うことができない。

神葉くんの圧倒的な権力に逆らう者は誰もいない。

それに、アメールの三人には、お世話係つきの特別寮まで用意されているんだとか。

いろんな噂が絶えないけれど、どれが本当なのかは誰も知らない……謎《なぞ》に包《つつ》まれた人……それが神葉伽耶くん。

「どうして、助けてくれたんですか」

「お前の声、聞こえたの気のせい？」

あんな小さな声を拾ってくれたんだ。

「い、いえ。助けてくださってありがとうございました」

ちゃんとお礼を言えてよかった。今もまだ震《ふる》えが止まらない手を隠すように、ギュッと強く握る。これ以上神葉くんに迷惑をかけちゃいけない。

「……やっぱお前って放っておけないね」

そう言って、ブレザーを脱いでわたしの肩にかけてくれた。

「人に甘え方ちゃんと教わったら？」

あの日と同じ――甘い香りが鼻をかすめた。

「そうやって平気なふりするのしんどくない？」

バレないように隠したつもりだったのに、どうやら神葉くんにはお見通しのよう。

「迷惑……かと思って。助けてもらえただけでもありがたいことなのに」

なんだか不思議《ふしぎ》な感じ。手の届かない存在だと思っていた神葉くんが目の前にいて、わたしを気にかけてくれてるなんて、夢みたいなできごと。

それに、やっぱり神葉くんの優しさはずっと前から変わっていない。

だからわたしは――そんな神葉くんのことがずっと好き。

これは叶《かな》うはずのない恋で、わたしみたいな凡人《ぼんじん》が神葉くんを好きだなんて、本人にぜったい知られちゃいけない。今こうして面と向かって会話をしてることすらも、ほぼ奇跡《きせき》に近いこと。

「なぁ、そうやって下向くの癖？」

地面に落ちていた目線が、神葉くんの手によってクイッとあげられた。

神葉くんのきれいすぎる顔が視界に飛び込んできて、心臓がわかりやすく音を立てる。

ダークブラウンの髪から見える澄《す》んだ瞳にとらえられたら……今この瞬間だけ、時が止まってるような錯覚《さっかく》を起こしそうになる。

こんな近くで見つめ合って、触れ合ってるのが……わたしにとっては夢みたいで。

まばたきした瞬間、瞳に残っていた涙がこぼれ落ちた。

それに気づいた神葉くんが、指で優しく拭《ぬぐ》ってくれて……その指をペロッと舐《な》めた。

その仕草《しぐさ》が艶《つや》っぽくて、思わず釘付《くぎづ》けになってしまうほど。

「……あま」

あま……？　そう聞こえたけど気のせいかな。涙が甘いなんて。

触《ふ》れられたところだけが、ずっと熱を持ってる。

このままじゃ、神葉くんに気持ちがバレてしまう気がする。

「た、助けてくださって本当にありがとうございました……！　わたしはこれで失礼します……！」

真っ赤になっているであろう顔を隠すように、神葉くんの前から立ち去った。

走ったせいで、家に着いたころには少し息があがっていた。

呼吸を整えながら家の中に入ると、さっきまでの夢のような時間から一変、どんよりとした重たさに襲われる。

わたしにとって、この家にいる時間がいちばん苦痛だ。

玄関は真っ暗、その少し先に見えるリビングからは、明かりと一緒に両親と妹の楽しそうな声が聞こえてくる。

リビングには寄らず自分の部屋へ行こうとしたら、運悪くリビングの扉が開いた。

同時に玄関からリビングまでの廊下《ろうか》の電気もついた。

「あら帰ってきたの」

お母さん……だ。

「ごはんいらないわよね？」

わたしは普段からあまり家族とごはんを食べない。コンビニで簡単にすませることのほうが多い。

「心春《こはる》が外で食べたいって言うから、みんな外ですませちゃったけど」

「……うん、大丈夫」

目線が地面に落ちる。その様子を見て、お母さんは呆《あき》れたようにため息をつく。

「はぁ……あなたも心春みたいに明るく育ってくれたらよかったのに。ほんと姉妹でどうしてこうも違うのかしら」

こういうことを言われるのは日常茶飯事《にちじょうさはんじ》で……両親にとって、わたしはできの悪い娘。いつもできのいい妹……心春と比べられる。

今年高校生になった心春は、両親が望むレベルの高い私立高校に入学したばかり。なんでもそつなくこなす天才肌の心春と、何をやっても結果が出せない凡人なわたし。

両親が心春を特別に可愛がることに、納得してしまっている。

この家では心春の意見しか通らない、ぜんぶ心春を中心に回っている。だから、いつしか自分の意思や感情を押し殺すようになった。

物心ついたころから、わたしはこの家に必要ない子なんだって思い始めて……そんな家は、わたしにとって息苦しいだけの場所。

「もっと心春を見習いなさい。これ以上、お母さんをがっかりさせないで」

お母さんの手によって廊下の電気が消され、ひとりポツンと立ち尽くす。

昔は寂《さび》しいって感情があったけど、今は虚《むな》しさでいっぱいだ。


自分の部屋へ行き、電気もつけずふらっとベッドに倒れ込む。

放課後や休みの日、ほとんどバイトを入れているのは、少しでもこの家にいる時間を減らしたいから。あとは、早くひとり暮らしをするため。

どんな理由でもいいから、誰かわたしをここから連れ出してくれないかな。

そんなの願っても叶うわけないんだから、自分でどうにかするしかない。

でもまさか——数日後に起こることが、わたしの生活を一変させることになるなんて。

甘い世界

わたしは、クラスではなるべく目立たないよう、とにかく平穏《へいおん》に高校生活を送るのを目標としている。

そのためには、顔を隠すような分厚《ぶあつ》いメガネは必須《ひっす》アイテム。胸の下まで伸ばした髪は、いつも下のほうでふたつに結ぶだけ。これがいちばん落ち着く。

学園ではあまり友だちがいないので、ひとりでいることが多い。

お昼休みの今も、テラスの端っこでひとり持ってきたお弁当を食べるのがわたしの日課。外のテラスでお昼を食べる生徒は少なくて、いつもこの場所は静かなんだけど……今日は少し違った。

「アメールがテラスに来るってほんと⁉」

「わかんないけど、さっきアメールのメンバーがテラスに向かってるの見た子がいるんだって！」

アメールと聞いて、真っ先に神葉くんの顔が思い浮かぶ。

「神葉くんに会えたりするかな⁉　クラスにはめったに来ないし！」

神葉くんとは同じクラスだけど、たまにしか授業には参加しない。それでも、定期的に行われるテストでは必ずトップ。

「神葉くんって、人を寄せつけないオーラすごいよね。一匹狼気質じゃない？」

「その感じがまたかっこいいじゃん！　お近づきになりたーい！」

クラスには来てないけど、突然ふらっと現れたりするのかな。

神葉くんは気まぐれな性格だっていうのも聞いたことあるし。

「あっちにいるんじゃない⁉」

「いこいこ‼」

す、すごいなぁ……。これほどまでに女の子たちを虜にしちゃうなんて。

もはや学園にいる女の子たちみんな、アメールの三人に夢中なんじゃ？

テラスの一角にものすごい人だかり。あそこにいるのかな？

囲まれすぎて、この遠さだと姿を確認することも難しい。

それにしても、これだけ騒《さわ》がれるのすごいなぁ。

やっぱり、わたしとは世界が違う……ぜったい交《まじ》わることがない人たちなんだろうな。

＊＊＊

さらに数日後の放課後。

今日はバイトがないからどうしよう。家には帰りたくないし……。図書室でも行って勉強するか、それともどこかのカフェで時間つぶそうかな。

「きゃー‼　畔上《あぜがみ》くーん、朱雀《すざく》くーん！」

「ふたりがうちらのクラスに来るってどうしたんだろう⁉」

クラスの女の子たちが急にざわついて、廊下のほうに集まり始めてる。

アメールが来るってだけで、こんなに騒がしくなるんだ。

「畔上くんと朱雀くん見れただけで眼福《がんぷく》すぎる〜！」

「神葉くんもいたらよかったのに！」

相変わらずすごい人気だなぁ。

「あのっ、畔上くん、朱雀くん！　今日はどうしてここに⁉」

中にはふたりに話しかけにいく子も。

「あぁ、今日はとある子を迎えに来たんだ」

「つーか、ほんとにこのクラスで合ってんのかー？」

どうやらお目当ての子がいるみたい。

わたしには関係ないことだし、そろそろ帰ろうかな。

――と思ったら、ここで予想外のできごとが。

「キミが蜜澤心寧ちゃんかな？」

今わたしに話しかけてきたのは畔上薫《かおる》くん。

レッドブラウン系の髪、切れ長な目……大人っぽくて、笑うと少し雰囲気《ふんいき》がやわらかくなる。

「そう、です」

そして、畔上くんの他にもうひとり。

「コイツが伽耶のお気に入りなん⁉　俺もっと可愛い子期待してたわー」

朱雀一嘉《いちか》くんだ。明るめのブロンド系の髪に、可愛らしい顔立ちをしてる。

「素材はいいと思うけど。下向いてるのもったいないよね。せっかく可愛い顔してるのに」

「薫って意外と地味専――いてっ」

「一嘉はほんとデリカシーないね。少し黙ろうか」

開いた口が塞がらないって、まさにこのこと。

な、なんでアメールのふたりがわたしのところに？

周りの子もみんなそう思ってるのか、ヒソヒソそんな会話が聞こえてくる。

「それより自己紹介が先だね。僕は畔上薫」

「俺は朱雀一嘉な！　よろしく！」

この学園で、ふたりを知らない人なんていないと思う。

「心寧ちゃんって、何か自然と惹かれるものがあるよね」

「そうかー？　ってか、お前それ誰にでも言ってね？　薫は優しい顔して腹黒いからなー」

「ははっ、一嘉こそ興味ないふりして手出すとかなしだからね」

「それは俺の気分次第だからわかんねーよ？」

「でも、伽耶のお気に入りみたいだから、僕らが何かしたら怒っちゃうかもね」

「だよなー。アイツ扱いが難しいんだよ」

ええっと、わたしはどうしたら……？　目の前で繰り広げられる会話についていけない。

「で、ここからが本題なんだけど。心寧ちゃん、今から僕たちについてきてくれるかな？」

「伽耶がお前を連れてこいだとさ」

神葉くんが……？　どうして？　もしかして、この前バイトの帰りに助けてもらったとき、神葉くんの機嫌《きげん》を損ねるようなことしてしまったかな。

アメールの三人には、生徒会や先生たちですら逆らうことができない。

当然のことながら、わたしに断る権利なんかないわけで。

「蜜澤さん、大丈夫？」

隣の席の倉木《くらき》くんが、心配そうに声をかけてくれた。

倉木くんは地味で目立たないわたしにも分け隔《わへだ》てなく接してくれて、いつも気にかけてくれる、クラスのムードメーカータイプの男の子。

「うん、大丈夫だよ。ありがとう」

倉木くんにそう告げて、アメールのふたりと教室を出た。


そして、アメール三人が暮らしている特別寮に連れてこられた。

寮のシステムはかなり厳重《げんじゅう》。

中に入るにはまずカードキーでロックを解除して、手のひらをかざすパネルで認証したら、今度はパスワードを入力する画面が。

「心寧ちゃんが入るときは、僕か一嘉、それか伽耶に連絡してくれたらロック解除するから」

たぶん、ここに来るのは今日が最初で最後だと思うけど……なんて、そんなことを考えてふたりのあとをついていく。

長い廊下を抜けて、いちばん奥の部屋へ。床はきれいな大理石《だいりせき》、広々とした空間に高級感のある家具が揃《そろ》っている。

部屋のど真ん中に置かれた真っ黒の大きなソファに、神葉くんが座っていた。

「伽耶がお待ちかねの心寧ちゃん連れてきたよ」

「俺ら以外の人間をここに呼ぶって相当珍《めずら》しいよな」

三人は昔から仲がよくて、腐れ縁みたいなものだって畔上くんが話していた。

「そもそも、伽耶に気に入られてるのがすごいよね」

「つーか、コイツも今日からここに住むんだろ？　俺らの世話係ってことで」

え、え……？　朱雀くん今なんて？　さらっとすごい大事なこと言わなかった？

「そういえば、心寧ちゃんにまだ説明してなかったね。いま一嘉が言ったように、今日から僕たちのお世話係として、ここで生活してもらいたいんだ」

「えっ……？　どうしてわたしなんですか？」

「伽耶がそうしたいんだって。もちろん、心寧ちゃんの意見も聞くつもりだよ」

まさかそんなこと言われるなんて微塵《みじん》も思ってなくて、頭の中が混乱してる。

「まあ、僕らにも事情があってさ。つい最近まで、ここでお世話係の人が働いてたんだけど、急に辞めちゃったんだよね。だから、新しい人募集してるの」

「それなら、別にわたしじゃなくても、他にやりたい子がいるんじゃ」

アメールのお世話係なんて、みんなよろこんでやりそうだし。

「伽耶が心寧ちゃんを指名してるんだよ」

「お前は伽耶に選ばれた特別な女だしな。俺も少し興味わいてきたわ！」

どうしてか理由までは教えてもらえなさそう。

アメールのみんなと一緒に住むなんて、夢のようなこと。

「どうかな？　僕らのお世話係引き受けてくれる？」

「でも……」

「お望みなら給料も出すよ？」

どんな理由でも……ここにわたしの居場所があるなら。

それに、そんなに悪い条件ではないし……。

「わかり、ました」

神葉くんは表情ひとつ変えない――と思ったら、ふたりから引き離すように、わたしの手を取って別の部屋へ。

白と黒で統一されたシンプルな空間。ここは神葉くんの部屋なのかな。

少し奥にキングサイズのベッドがあって、座るようにうながされた。

ベッドはすごくふかふかで、気を抜いたら身体ごと沈《しず》んでしまいそうなくらい。

神葉くんも隣に座った。

「あ、あの……」

声がひゅっと引っ込んでいった。だって、神葉くんがわたしの手の甲にそっとキスを落としたから。

こんなの現実味がなさすぎて、思考がショートしそう。

それに、身体も固まったまま。

「やっぱお前、とびきり甘いね」

「え、えっと……そんな触れられると……っ」

ずっと想いを寄せている憧れの神葉くんが、こんな近くでわたしに触れてるなんて。こんなの戸惑いを隠せない。

「……触れられるとなに？」

好きな人にこんなことされたら、拒《こば》むことなんかできない。

「し、心臓が壊れちゃいそう……です」

さっきまでまったく崩《くず》れなかった神葉くんの表情が、ほんの少しだけ驚《おどろ》いたような表情に変わった。

「つーか、お前のそれ……やっぱ自覚なし？」

「自覚……？」

なんのことだろう。いまいち理解できていないわたしと、何かに気づいてすべてを悟《さと》った様子の神葉くん。

「お前ここにいたら間違いなく食われるだろうね」

「食わ、れる……？」

ここに呼んだのは神葉くんなのに、そんなこと言われても。

「だから俺がそばにいてやってもいいよ」

唐突すぎて、さらに混乱していく。

「し、神葉くん。ちょっと待ってくださ――」

「伽耶でいい」

「えぇっと、呼び慣れてなくて。神葉くんじゃダメ、ですか？」

若干《じゃっかん》不満そうだけど……。

「しばらくはそれで許してやる」

わたしと神葉くんが交わる世界線なんて、ないと思っていた。だから、こんなことになってるのが、いまだに信じられないっていうか。

するとノックもなく部屋の扉が開いた。

畔上くんと朱雀くんが、わたしたちを見て何やら驚いている様子。

「ってか、お前ら距離ちか！」

「ほんとに心寧ちゃんのこと気に入ってるんだね」

「人嫌い激しい伽耶がなー。心寧の力すげー」

「ね、伽耶。僕らにも教えてよ。心寧ちゃんには何か惹かれるものがあった？」

「…………」

「黙り込むところ怪しいね」

畔上くんが笑顔でこちらに近づいてきて、わたしに手を伸ばそうとした。

「わー、どうしたの？　伽耶らしくないね」

その手を、神葉くんが阻止《そし》した。

「だから、黙って睨《にら》むのやめな？」

「……すぐ車用意しろ」

「心寧ちゃんの家に荷物でも取りに行くの？　心寧ちゃん、家に取りに帰る荷物は結構あるかな？」

「そ、そんなにないです」

「そっか。じゃあ、すぐ車呼ぶから」

こうして、神葉くんと家に荷物を取りに帰ることに。

偶然にも家には誰もいなかった。

神葉くんを待たせてるから早くしないと。

最低限の荷物を少し大きめのバッグに詰めて、あとは何か足りなければ買えばいいかな。バイトしてたから貯金は少しくらいならあるし。

きっと、わたしがしばらく帰らなくても両親は心配しない。この家には心春さえいれば、それでいいんだから。

「お待たせしました」

「荷物そんだけ？」

「……はい。この家に必要なものはほとんどないので」

「足りないもんあれば俺に言えよ。用意してやる」

「大丈夫です。バイトもしてますし、神葉くんに迷惑かけるわけには――」

「バイトもしなくていい。困ったことがあれば、俺に言うって約束守れよ」

「でも……」

「この前、危険な目に遭《あ》ったのもう忘れた？」

あっ、そうだった。神葉くんに助けてもらってから、あのお客さんがお店に来ることはなくなったけど。バイト先も家も知られてる感じだったから、このままバイトを続けるかも悩んでいた。

「世話係がバイトだと思えばいいだろ」

こんなに甘えていいのかな。

数ヶ月前の、あの日と同じように……神葉くんに救われた気がした。

でも、どうしてここまでわたしを気にかけてくれるんだろう……？

理由はまだわからないまま。

＊＊＊

寮に戻って、荷物の整理をすることに。わたし個人の部屋も用意してもらえて、家具とか何もかも揃えてもらえていた。

アメールのお世話係になるなんて、数日前のわたしにはこんな未来は想像できなかったと思う。

とりあえず、今までの人がやっていたことを聞いてから、晩ごはんの準備をお願いされたのでキッチンを借りることに。

三人とも同じものを用意すればいいって言われたけど……それぞれ苦手なものとかあるのかな。

「あの、皆さん好きな食べ物とか、ありますか？」

「甘いの一択だな！」

「んー、そうだね。伽耶も極上に甘いのが好きだもんね？」

なるほど。みんな甘党なのかな。

晩ごはんのメニューの参考にしようと思ったけど、甘いものだとちょっと難しいかも。

「けど、味なんてさほど気にしないからいいよ。お腹にたまれば僕たちはなんでもいいからね」

三人とも食べることにあまり関心がないのかな。

「そうだなー。まあ、とにかく腹がいっぱいになるもの頼むわ！」

こうして、アメール三人とまさかの同居生活スタートです。

甘い衝動

そもそもなぜわたしが、手の届かない存在である神葉くんを好きになったのか。

それはさかのぼること約半年前、わたしの十七歳の誕生日のこと。

＊　＊　＊

「心春お誕生日おめでとう！　これはママからのプレゼントよ」

「欲しかった限定コフレだ！　ありがとう～！」

「パパからは心春が好きなブランドの腕時計だ」

「パパもありがとう！　ふたりにお祝いしてもらえてとってもうれしい～！」

わたしと妹の心春は、歳は違うけど偶然にも誕生日が同じ。だけど、毎年こうして主役としてお祝いしてもらえるのは心春だけ。

「心寧は何か欲しいものあったのか？」

「心配しなくても大丈夫よ。心寧はバイトしてるから、欲しいものがあれば自分で買うでしょうし」

「え～、せっかくの誕生日なのにお姉ちゃんかわいそう～」

毎年のことだから、もう慣れたはずなのに……。どうしても疎外感《そがいかん》に耐《た》えられず、ひとりふらっと夜の街へ出た。

周りに見える景色《けしき》が霞《かす》んで見えてしまうのは――。

「っ……、なんで涙なんか……」

感情がうまくコントロールできない。こぼれる涙を拭うことすらできず、視界がぼんやりしたまま。

ふらっと飛び出した場所が悪かった。

夜だっていうのに、妙《みょう》にわたしだけにライトが強くあたってる気がして……車の大きなクラクションが響《ひび》き渡る。

あぁ、もうわたしこのまま――そう思った瞬間、後ろからものすごい力で腕を引っ張られた。間一髪《かんいっぱつ》、もう少しで車と衝突《しょうとつ》するところだった。

「……お前何してんの」

暗闇の中で聞こえた低い声。それに、わたしを守るように抱きしめてくれた彼から、甘いムスクの香りがする。

「す、すみません。少しぼうっとしてて」

いまだに視界は涙でいっぱい。でも、大丈夫だって言い聞かせるように、必死に笑顔を貼り付ける。

「……なんで無理して笑ってんの？」

少し強引に涙が拭われると、視界がクリアになって――。

「え……？」

やってしまったと思った。

わたしなんかが到底近づくことが許されない存在……神葉くんに助けてもらったなんて。

「苦しいからそんな泣いてんだろ」

「そ、それは……」

「自分の感情もっと表に出したら？」

ぜんぶ見透《みす》かされてるみたいだった。苦しくても我慢《がまん》して、平気だって言い聞かそうとして。でも、それがうまくできなくて……。

「つーか、こんな遅くにひとりで出歩くなよ」

「家に、帰りたくなくて……」

思わず本音がこぼれてしまった。神葉くんにこんなこと言っちゃいけない。こうして助けてもらえただけでも、奇跡みたいな出来事なんだから。

「あの、今のなしで。わたしのことは気にしないでください。助けてくださって本当にありがとうございました」

そのまま神葉くんの前から立ち去るはずだった。――なのに、なぜか神葉くんがわたしの手を取って、どこかへ歩き出した。

え、え……？　これはどういう状況……？　頭の中が若干パニックになりながら連れてこられたのは、駅の近くにある大きな公園。ふたりでベンチに座った。

「話くらいなら聞いてやるけど」

「……え？」

「溜め込むより吐き出したほうが楽になることだってあるだろ」

もしかして、そのために、わざわざここに一緒に来てくれた……？

神葉くんのこと、少しだけ誤解してた。噂ではとってもクールで、誰も寄せ付けない一匹狼のようなところがあるって。誰に対しても冷たくて、時には手段を選ばない残酷《ざんこく》な人だっていうのも聞いたことがあった。

でも、それは周りが勝手に想像してるだけにしかすぎなくて……今わたしの目の前にいる神葉くんは、全然そんな人じゃない。

「今日、誕生日だったんです。でも、家族の誰からもお祝いしてもらえなくて。両親は、わたしなんかより妹のほうが大事で……誰にも必要とされてないのを、あらためて目《ま》の当たりにしたら苦しくて」

いくら話を聞いてもらえるからって、少し話しすぎたかも……。しかも、結構重たい話題だし、面倒なやつって思われたかもしれない。

案の定、神葉くんは、何も言わずここを立ち去った。

それもそうだよね。いきなりこんなこと話されても反応に困るだろうし。

暗くてネガティブな感情ばかりのわたしに、呆れるのは仕方ない。

落ち込んだまま少しの間ベンチに座ってると、目の前にフッと人影が。

「……ん、これやるよ」

「えっ……なんで」

まさか神葉くんが戻ってくるなんて思ってなくて。それに、手には真っ白の四角い小さめの箱を持っていた。

「誕生日なんだろ？　もうこんな時間だから、それしか売ってなかったけど」

箱の中には、ショートケーキがひとつ。

「わざわざ買ってきてくれたんですか？」

「俺が祝ったことにすれば、お前はひとりじゃないだろ」

「っ……」

「世の中に必要とされてない人間なんていないんだよ。お前はもっと自分を大切にしてくれる人を見つけな」

その言葉が、わたしの胸にどれだけ響いたか。

――この瞬間、恋に落ちた音がした。

＊＊＊

アメールの特別寮で一夜を過ごし、迎えた翌朝。

昨日案内されたリビングへ行くと、すでに畔上くんと朱雀くんがいた。

「心寧ちゃんおはよ」

爽《さわ》やかに挨拶してくれる畔上くん。

「ふぁー、はよー心寧」

まだ眠そうな朱雀くん。

「お、おはようございます」

神葉くんはまだ起きてないのかな。

「伽耶ならまだ寝てるよ」

わたしの心の声、畔上くんに読まれた？　それとも、わたしが無意識に口にしてた……？

「伽耶は低血圧《ていけつあつ》だから朝弱いんだよ。体温もバグってるから、伽耶の部屋に入るの苦手なんだよね。あと、僕たちが起こしても機嫌損ねるだけだからさ」

「だよなー。アイツそう簡単には起きねーし。心寧が起こしてきたら？　俺らが起こすよりはいいんじゃね？」

――というわけで、わたしが神葉くんを起こしに行くことに。

ここで失敗したら、間違いなく授業を欠席するそう。神葉くんは結構気まぐれな性格だから要注意って、畔上くんが言っていた。

部屋の扉をノックしたけど返事がない。

「し、失礼します」

中に入ってすぐ、この部屋の違和感に気づいた。なんか異常なくらい暑い……気がする。壁《かべ》にあるデジタル温度計は、なんと三十一度を表示している。

うそ、部屋全体に暖房《だんぼう》が入ってる。

今はもう五月下旬。暖房とはあまり縁《えん》がなさそうな時期だけど……。

ベッドで眠っている神葉くんを見て、さらに驚いた。

「えっ、布団にくるまってる……？」

部屋中、暑すぎてじわっと汗《あせ》ばむほどなのに、神葉くんの体温どうなってるの。

そういえば、神葉くんは体温がバグってるんだっけ？

とりあえず起こさなきゃ。

「神葉くん、起きてください。朝ですよ」

なかなか起きてくれない。アメールのふたりも言っていたけど、やっぱり神葉くんは朝が得意じゃないみたい。

どうやったら起きてくれるかな。少しだけ神葉くんに近づいて、もう一度声をかけようとしたら。

「……ん」

薄《うす》くてきれいな唇から声が漏《も》れた。それに、うっすら目を開けてわたしのほうを見た。こ、これはもしかして起きてくれた？

──と思ったら、予想外の出来事が発生。

「えっ、神葉……くん？」

いま何が起きてるの……？　状況を整理しようとして頭がフル回転。

わたしの真上に覆《おお》いかぶさる神葉くん。それに、背中にはベッドのやわらかい感《かん》触《しょく》。今やっと押し倒されてるって理解した。

「……ほんと無防備」

「ひぁ……えっ」

急にギュッと抱きしめられた。びっくりして、身体がピシッと固まる。

でも、神葉くんはそんなのお構いなしで。

「ってか、お前あったかいね」

甘えるみたいに抱きついてくる。

こ、これはわたしの心臓がもたない案件なのでは……っ。

なんとか離れてもらわないと、わたしのほうが大変なことになる。

「あの、それよりこの部屋、暑くない……ですか？」

ずっとここにいると、暑さのせいで頭がぼうっとしてくる。

「……そう？　ってか、もっとこっち」

「なぅ……ま、まっ……」

身体が密着しすぎて、心臓の音ぜったい聞かれちゃう。

部屋の温度のせいでクラッとするのに、神葉くんのせいで体温がさらにグーンと上がって……首筋のあたりにじんわり汗が浮かぶ。

それに、寝起きの神葉くんはやっぱり要注意で。

「……その甘いのどうすんの」

「ひゃ……っ」

首筋に触れてきた神葉くんの手は、とっても冷たい。

密着してるからわかるけど……神葉くんの身体がとても冷えてる。

体温調整がうまくいってないのかな……なんて、そんなこと気にしていられたのは今だけで。

「こんなの俺以外に許すなよ」

「やぅ……あ」

神葉くんのやわらかい唇が、わたしの首筋に触れて……そのまま舌でツーッと舐められて。甘すぎる刺激は止まることなく、頬《ほお》や首筋にたくさんキスが落ちてくる。

「はぁ……どこ舐めてもあま……」

「あのっ、これ以上は、わたしのキャパが……」

「……その反応なんかそそられる」

「っ⁉　ストップ……してください！」

近くにあったクッションで、なんとか神葉くんをブロック。

こうでもしないと、止まってくれないような気がして。

「んで、やっぱそれ自覚なし？」

「そ、それとは……？」

「大半《たいはん》は自覚ないって聞くけど。……お前これから極力俺のそばにいることね」

「な、なんでですか⁉」

「薫と一嘉に食われるかもしれないから」

「……？」

「つーか、俺の言うことはぜったい。わかった？」

この先わたしの心臓もつのかな。

甘い日常

アメールの三人と同居を始めてから、早くも一週間が過ぎた。

じつは神葉くんが裏から学園に指示をして、わたしの両親にしばらく学園の寮にいることを両親に伝えてくれたそう。両親にとっては、このほうが都合がいいんだろうな……。

朝はいつも寮を出る時間をずらして、ひとりで登校していたんだけど……。

「珍しいこともあるんだね。伽耶がクラスに顔を出すなんて」

「心寧パワーすげーな」

今日は神葉くんがクラスに行くということで、わたしとアメール三人で登校することに。学年のヒエラルキートップに君臨する三人と一緒にいるなんて……これはかなり目立ちそう。なるべく身を小さくして、周りの注目を避《さ》けたいところなんだけど……そうはいかず。

「見て、神葉くんが来てるよ‼」

「えっ、うそ！　神葉くん拝《おが》めるとか幸せすぎる！」

「三人とも顔面が尊《とうと》い～！　目の保養《ほよう》になるわ！」

アメール三人に夢中になってる女の子たちの会話が聞こえてくる。

となると、一緒にいるわたしも注目されないわけもなく。

「なんで蜜澤さんが一緒なの？」

「この前もアメールふたりに呼び出されてたよね。どういうこと？」

「地味でおとなしめな蜜澤さんとアメールの組み合わせとか謎すぎ」

あぁ、耳を塞ぎたい。目立たないように、平穏に過ごしたいと思っていたのに、そうはいかなくなりそう。

畔上くんと朱雀くんはクラスが違うので、途中《とちゅう》で別れた。神葉くんとふたり……何か話したほうがいいのかな。沈黙《ちんもく》が続くのに耐えられず、わたしから口を開いた。

「あの、えっと……今日は授業参加するんですね」

「お前のこと気になるから」

もしかして、わたしのために……？　なんて、自惚《うぬぼ》れちゃいけない。

神葉くんは気分屋だって、畔上くんが言ってたから。淡《あわ》い期待なんか持っちゃダメ。

神葉くんがクラスに足を踏み入れると、ざわめきが大きくなった。

「えっ、神葉くん来てるって噂ほんとだったんだ！」

「珍しい～めったに来ないのに！　ってか、顔面エグすぎ！」

「誰も寄せ付けないクールな感じだよね」

「でもさ、そういうところも含《ふく》めて憧れちゃう～！」

相変わらず神葉くんの人気はすごい。

ひっそり自分の席に着くと、倉木くんが話しかけてきた。

「驚いたよ、神葉と一緒に来るなんて。あれから何かあった？」

「あっ、いや……」

「心配だよ。アイツらあんまりいい噂聞かないし」

アメールのお世話係になって、同じ寮で同居してるってことは、黙っているほうがいいのかな。このことが学園全体に知れ渡ったら、それこそ大変なことになりそう。

でも、倉木くんにはなんて返したら――。

悩んでいると、フッと後ろに気配を感じて……甘いムスクの香りに包まれた。

「なぁ、心寧」

耳元で甘くささやかれた声に、びっくりして思わず振り返った。

「ひゃ……ち、ちか……っ」

思ったよりずっと神葉くんの顔が近くて、こんなの動揺《どうよう》しないわけがない。

そ、それに今わたしのこと下の名前で呼んだ……？

クラス内がさらにざわめく。

「し、神葉……くん……？」

「……なに？」

わたしのほうが聞きたい。みんなが見てるのに、いきなりこんな距離を詰めてくるなんて。

「あんま無防備に男近づけんなよ」

「え……？」

わたしを見る目はそんなに怖くないのに、倉木くんを見る目はなんだか鋭《するど》い。睨みつけてるように見えるのは気のせい……？

「と、とにかく何か困ったことがあれば、俺いつでも相談に乗るから！」

神葉くんのオーラにびっくりしたのか、倉木くんはバツの悪そうな顔をして教室を出ていった。すごく慌てた様子だったけど、急にどうしたんだろう。

＊　＊　＊

午前中の授業が終わって、お昼休みの時間。神葉くんは授業には出席したけど、ほとんど寝て過ごしていた。今も机《つくえ》に突《つ》っ伏《ぶ》したまま寝てる。

お昼どうするのかな。

わたしは毎日お弁当なのは変わらず。畔上くんと朱雀くんがお弁当を作ってほしいとのことで、最近はふたりの分も用意してる。

今日まさか神葉くんがお昼まで授業に参加するとは思っていなくて、神葉くんのお弁当は用意していない。

お昼どうするか聞いたほうがいいのかな。でも、わたしが簡単に話しかけていい相手じゃないし。――で、結局話しかけられずひとりでいつものテラスへ。

そして午後の授業も終わり、迎えた放課後。

神葉くんは、まだ寝てる。アメールのふたりが迎えに来るだろうし、わたしは先に帰ろうかな。

ひとり教室を出て、ぼうっと今日一日を振り返る。

神葉くんが学園に来るだけで、あんな注目を浴《あ》びて騒がしくなるなんてすごい。

そんな人と同じ寮で一緒に住んでるなんて、夢のような話。

絶対的権力を持つ神葉くんが、なんでわたしを……？　それに、甘いってなんだろう？

いろいろ考えてボーッとしてたせい。階段を一段踏み外して、一瞬の浮遊感《ふゆうかん》。

ハッとしたときには、もう身体が落ちる寸前……思わずギュッと目を閉じた。

「……っと、あぶな」

身体がものすごい力で引っ張られて、なんとか落ちずにすんだ。

「えっ、神葉くん⁉」

「ちゃんと前見て歩けよ」

「あっ、ごめんなさい……！　わたしのせいで」

わたしの身体を片腕で受け止めながら手すりを強く握ったせいで、手が真っ赤になってる。

「ってか、ケガしてない？」

「だ、大丈夫です！　それより神葉くんのほうが心配です」

ケガの手当てをするため、すぐさま寮に帰ってきた。

「ごめんなさい、わたしの不注意で」

「もう謝んの禁止。心寧がケガしてないからよかっただろ」

「でも、神葉くんが……あっ、おわびに何かさせてください……！」

とはいっても、わたしにできることは何もないかもしれないけど。

すると、神葉くんの手がそっとわたしの首筋に触れた。

「んじゃ、お前のこと食っていい？」

「え……？」

「きもちいいことしかしないから」

ソファに座ってる神葉くんが、わたしの手をつかんで自分のほうへ引いた。力に逆らえないまま、わたしはソファに片膝をついて乗っかる。まってまって。この状況はいったいなに……？　少し下に目線を落とせば、神葉くんの整った顔があって……しかも、この体勢だとわたしが迫《せま》ってるみたい。

それに、今わたしたちがいるのは、リビングで……畔上くんも朱雀くんもいつ入ってくるかわからないのに。

「ふ、ふたりが帰ってきちゃいます……」

「別にいいだろ。そんなの気にしてる余裕《よゆう》あんの？」

後頭部に神葉くんの手が回って、さらにグッと顔が近づく。近すぎて息が止まりそう。こんなの平常心を保《たも》てるわけがない。

「つーか、なんで俺のこと置いて先帰った？」

「え、あっ……神葉くん寝てたので。それに、畔上くんと朱雀くんと一緒に帰るかなと思って」

「俺はお前と一緒がいいんだけど」

「え……？」

「これからは俺のこと置いていくなよ」

ほら、またよくわからないことを言う。わたしと一緒がいいだなんて。

やっぱり神葉くんの考えてることが、いまいち読めなくて。でも、わたしの心をいとも簡単にギュッとつかんでくる。

今だって、こんな至近距離で迫ってくるなんて。

「俺の好きにするから……じっとしてろよ」

耳元でささやかれた声にクラッとする。

「ちゃんときもちよくしてやるから」

「あっ、ぅ……」

耳たぶに軽くキスが落ちて、それだけで身体がわかりやすく反応する。

思わず神葉くんの制服をギュッとつかむ。

「お前さぁ……そういう反応するなよ」

「っ……？」

「俺が止まんなくなってもいいわけ？」

言葉は少し乱暴だけど、触れてくる手や落ちてくるキスは優しくて甘いから。

「嫌ならちゃんと抵抗《ていこう》しろよ」

どうしてか理由はわからないけど、触れられるのがまったく嫌じゃない。むしろ、甘くてクラクラして……身体が満足してるような感覚。こうなるのは、わたしが神葉くんを好きだから……？

「あとさ……今朝のアイツなに」

「倉木くんのこと……ですか？」

「ずいぶん親しそうに見えたけど」

「倉木くんは、わたしのことをよく気にかけてくれて、クラスメイトとして仲良く接してくれるすごく良い人です」

「……へー、そう」

関心があるのかないのかわからない起伏《きふく》のない返事の仕方。

すると、なんの前触れもなくリビングの扉が開いた。

「だから、お前ら距離近すぎるだろ‼　こんなとこで何してんだよ！　つーか、心寧が伽耶に襲いかかってんのか⁉」

「やっ、これは違うんです……っ！」

朱雀くん誤解してる……！

「まあ、心寧ちゃんから迫ることはなさそうだから、伽耶がそうさせたんじゃない？　けど、伽耶がここまで気に入るって珍しいから、もしかして——」

「なんだよ、やっぱ心寧になんかあんのか！」

「……さあ、どうだろう。まだ確証を得たわけじゃないから」

「そうやって隠すのタチ悪くね⁉」

「まあ、そう言わないで。一嘉も考えてみなよ」

「お前なぁ、自分だけ一歩先にいってる感じずるいぞ！」

ふたりの会話の内容が、いまいちよくわからず。


夜を迎えて、お風呂に入ることに。寮にあるお風呂はひとつで、時間ごとに交代制にしてもらってる。それぞれ入る時間が決まってるし、脱衣所《だついじょ》には鍵《かぎ》がついてるので、鉢合《はちあ》わせることはほとんどない。

いつもはお風呂から出たら寝るまで自分の部屋にいるけど、喉《のど》が渇《かわ》いたのでリビングへ。まだ身体の熱が引いてなくて、少し汗をかいてる。夏に向けて少しずつ暑くなってきてるなぁ。

冷たい水を口に流し込んでると、後ろに誰かの気配が。

「……あんま無防備にフラフラすんな」

「しんば、くん？」

びっくりして、手に持っているペットボトルを落としそうになった。

「薫と一嘉に見つかったらどうすんの」

な、なんでふたりに見つかるのがまずいんだろう？

「お前ほんと無防備すぎて心配なんだよ」

真後ろから神葉くんに覆われて、身動きが取れない。それに、相変わらず近すぎる距離に全然慣れない。

「……こんな甘い匂いまとわせて」

首筋にかかる髪をスッとどかされて、そこに何度もキスが落ちてくる。

それに、舌で舐めたりチュッと吸ったり。

「身体反応してんの気づいてる？」

「ん……神葉くんが、そういうことするから、です……っ」

「へぇ……かわいーこと言うね」

わざと耳元でささやいて、わたしの反応を愉《たの》しんでる。

わたしが逃げないように後ろから抱きつく神葉くん。お腹のあたりに冷たい手が触れてる。

「あ、あんまりするのダメ……です」

「ほんとにそう思ってんの？」

くるっと身体が回されて、神葉くんと向かい合わせ。でも、目を合わせるのが恥《は》ずかしくて目線を落とす……けど。

「ダメって顔には見えねーな」

「っ……、や……見ちゃダメです」

顎をクイッとあげられて、呆気《あっけ》なく顔を見られてしまう。

「心寧の甘さ独占できるのは俺だけでいいんだよ」

さっきから甘いって……お風呂上がりだから、甘い匂いがするってこと……？

それに、神葉くんに触れられると、甘くて心地が良くて……ずっとされたいって思うの……おかしいのかな。

神葉くんをじっと見つめると、なぜか愉しそうに笑いながら。

「……このままもっとしてやりたくなる」

「んっ……」

神葉くんの指が、じっくりわたしの唇をなぞるように触れて……たまに指先でグッと押してきたり。

触れられてるだけで、その甘さにおかしくなりそう……っ。

「ここにしたらどんな反応する？」

「ん、や……」

唇をふにっとしながら、顔が近づいてきた。

思わずギュッと目をつぶると、唇の真横にキスが落ちてきた。

「今は我慢してやるけど……いつかここにさせろよ」

好きな人にこんな迫られたら、心臓ひとつじゃ足りない。

わたしはこれでもういっぱいいっぱいなのに。

「……このまま俺の部屋くる？」

「へ……」

「ひと晩中、嫌ってくらい可愛がってやるよ」

冗談《じょうだん》なのか、はたまた本気なのかわからないのが神葉くんのずるいところ。

「も、もう寝ます……！　おやすみなさい……！」

神葉くんの甘い誘惑《ゆうわく》には要注意です。

甘い危険

まだ衣替《ころもが》えより少し前だけど、一気に気温が高くなって暑さが続く毎日。夏服はまだ家に置いたままなので、早く取りに帰って夏服に替えないと。日中は暑すぎて、体育の授業が終わった今、汗が全然引かない。なのに、まだ夏服に切り替えていないから、長袖のブラウスで過ごさなきゃいけないなんて地獄《じごく》すぎる……。

グラウンドから更衣室に戻る途中の廊下で、ふらついてしまった。偶然すれ違った男の子が、とっさに受け止めてくれたおかげで転ばずにすんだけど……。

「あ、あの……なにか？」

「……あぁ、いやなんでも。大丈夫だった？」

「すみません、暑さにやられて少しふらついてしまって」

「そっか。キミみたいな子が、こんなところにいたなんて」

「……え？」

一瞬驚いた顔を見せたかと思えば、何かを確信したような顔で笑ってる。

この笑みがなぜか少し怖くて、頭をペコリと下げてすぐその場を離れた。

今のなんだったんだろう……？　後ろを振り返るのも怖くてできなかった。

それに、少しだけ嫌な予感がする。

＊　＊　＊

それからまた数日後。放課後、クラスメイトの男の子から、授業で使った資料を別館に戻してほしいと頼まれた。話したこともない子だったから、なんでわたしなんだろうって思った。

本当はこのあとやることがあるから、断りたかったんだけど……。頼まれると断れない性格、直していきたいなってずっと思ってるけど、なかなかできないのがわたしの悪いところ。

別館は結構離れたところにある。なんだかこのへん、人の気配があまりないし薄暗くて少し怖いかも。

早足で歩いていたら、突然口元にハンカチのようなものがあてられた。

「ん……んんっ」

苦しくて息を吸い込むと、ぶわっと甘い匂いがする。

なに、これ……。意識がどんどん遠くなっていく。

フッと目の前が暗くなって、身体の力も抜けていった。

＊＊＊

ここ……どこ？　ぼんやりする意識の中、周りを見てもここがどこかはっきりしない。でも、そばに誰かの気配を感じる。

「あっ、目覚めた？　やっぱり俺の読みは間違ってなかったな」

この男の子……たしか数日前にグラウンドから戻る途中、ふらついたわたしを助けてくれた子だ。

「キミが気を失ってる間に、たしかめさせてもらったから」

「たしかめ……た?」

まだ意識がぼんやりして、身体にもうまく力が入らないし、言葉を発するのが精いっぱい。

「こんな極上に甘い子がいたなんて、知らなかったよ」

な、なんのこと……?

「キミをもっと甘くしたいからさ、これ飲んで」

甘いシロップのようなものが、口の中に流し込まれた。

これ、なに……? 飲み込まずに我慢しても、強引に流し込まれて口の端からこぼれる。

……苦しくて飲み込んでしまった。甘ったるさが口の中に残って……しばらくすると、身体がぶわっと熱くなった。

ぐわんと視界が揺《ゆ》れる、焦点《しょうてん》がまったく合わない。

「あぁ……ほらもっと甘くなった。こんなの欲しくなるにきまってる」

真上に覆いかぶさってきて、首のあたりに顔を埋《うず》めてくる。

「はぁ……甘くてたまらない。涙もぜーんぶあますことなくもらうからね」

首筋を舌で舐められて、ゾッと血の気が引いていく。

息がかかるのが気持ち悪くて仕方ない。でも、身体にうまく力が入らなくて、抵抗できないのはどうして……？　ただ怖くて、涙があふれて止まらない。

そのとき、扉が勢いよく開く音が聞こえた。

「しん、ば……くん……っ」

揺れる視界の中で、唯一神葉くんの姿はちゃんと見えた。

わたしの姿を見た瞬間、神葉くんが勢いよく相手の男の子の胸ぐらをつかんだ。

「……心寧に何をした」

「な、なんでお前がここに⁉」

「何をしたか答えろ」

わたしは力なくソファに横たわったまま動けない。

すると、神葉くんの目線がテーブルに向いた。

「……薬を飲ませたのか」

「ち、違う！　彼女が俺を誘っ――」

「……黙れ」

鈍《にぶ》い音が聞こえて、人が倒れていくのが見える。

「ぐはっ……ぅ……」

さらに何度か殴られたような音と、苦しそうな言葉にならない声が聞こえる。

それをぼんやり見ていることしかできなくて。

「容赦《ようしゃ》はしない……お前の存在ごと消してやるよ」

しばらくして、相手がまったく抵抗できなくなり、神葉くんがどこかに電話をかけてるのがわかる。

「……いま位置情報送った。あとの処分は任せる」

電話を終えると、ゆっくりわたしのほうに近づいてきた。

身体を起こしたいのに、まだうまく力が入らない。

「神葉、くん……」

ブレザーを脱いで、そっとわたしにかけてくれた。そして、そのままわたしを抱きあげようと触れた瞬間。

「心寧」

「やっ、まって……ください」

軽く触れられただけなのに、過剰《かじょう》に反応するのはどうして……？

それに、身体の熱が分散《ぶんさん》しないまま苦しい。

「……薬がいちばん効《き》いてるときか」

「身体が、あつ……くて」

「少しつらいかもしれないけど今は我慢しろ」

ふわっと抱きあげられた。神葉くんをそばに感じるだけで、もっと身体の熱があがっていくような感覚。

寮の部屋に着いたころには、息がもっと苦しくなってクラクラする。

神葉くんの部屋のベッドにおろされて、今もまだ呼吸が落ち着かない。神葉くんにすべてをあずけたまま動けない。

「すぐ楽にさせてやりたいけど」

「……っ？」

「さっき怖い思いしただろ。今もこんな身体震えてるし」

優しく抱きしめてくれて、まぶたに軽くキスが落ちてきた。

「お前ほんと甘いね」

触れ方がとっても優しくて……。それに、今のわたしおかしいのかな。もっと触れてほしいって思うなんて。

「俺にこうされんの嫌だったら拒めよ」

好きな人に触れられて、嫌なわけない。だけど、この気持ちは知られちゃいけない。想いを寄せるだけで、それを伝えることは許されないだろうから。

でも今は、そんな冷静な思考がどこかいってしまって……。

「神葉くんになら、何されてもいい……です」

何かのせいなのか、それとも自分の本心なのか……どちらにしても、神葉くんをもっと近くで感じたいと思うのは欲張りなのかな。

「それ、俺以外の男にぜったい言うなよ」

神葉くんの手が、わたしの背中に回って……ゆっくり抱きとめるようにベッドに倒された。

おでこにチュッとキスが落ちて、それが頬や首筋にも落ちて……身体がものすごく反応する。

それに、もっとしてほしいって……何かが強く求めてるような。

「はぁー……甘すぎて俺のほうがおかしくなりそう」

危うい熱を持った瞳が、わたしをとらえて離さない。

「……心寧」

「やぅ……名前呼ぶの……」

ネクタイをゆるめる仕草も、甘く漏れる吐息《といき》も——吸い込まれるように夢中になっていく。

さっきと全然違う。神葉くんが触れるところぜんぶが熱を持って、身体がそれに反応して求めるばかり。

でも……ここでハッと我に返った。あんな大胆《だいたん》なこと言ってしまったなんて。

とっさに神葉くんの身体を少しだけ押し返した。

「これ以上、神葉くんに迷惑かけられない……です」

一度この甘さを覚えてしまったら、抜け出せなくなりそうで。

「それがお前の本音なの？」

「……え？」

「俺は迷惑なんて思ってないけど。ってか、前に言ったろ。人に甘え方ちゃんと教われって」

きっと神葉くんは、思ってることしか口にしない。だから、この言葉に嘘はないってはっきりわかる。

「お前はもっと人に甘えることを覚えろ」

「甘えるって、どうしたらいいか、わからなくて……」

「甘え方がわかんねーなら、俺に甘えたらいいだろ」

そんなこと言われたら期待してしまう。わたしを特別に想ってくれてるから、そんな言葉をかけてくれるんじゃないかって。

ついに身体が限界を迎えて、ふわっと意識を手離した。きっと、神葉くんがそばにいてくれるのに安心したから。

しばらく眠ってから、うっすら意識が戻ってきた。

すぐそばに神葉くんがいるのがわかる。わたしの頭を撫でてくれる手つきが優しくて落ち着く。

「伽耶ってば、結構派手に暴れたね。相手の男、気失ったままだよ」

この声は畔上くん……？

「ちゃんと生かしただろ。殺してはいない」

「他にも協力者がいたみたいだから、全員退学処分にしたけど。そういえば、心寧ちゃん薬飲まされたんだって？　大丈夫だった？」

「あぁ。今は落ち着いて眠ってる」

「なんの薬か解析《かいせき》したほうが――」

「必要ない。アイツらの処分だけ進めれば問題ない」

「……そう。それじゃあ、あとのことは僕のほうで進めておくね」

畔上くんが部屋を出ていったのがわかる。

甘いシロップみたいなの、薬だったんだ。いったいなんの薬だったんだろう。

それに、あの男の子もわたしのこと甘いって……あれはどういう意味……？

「やっぱり僕の予想は的中かな」

畔上くんのつぶやきは、誰の耳にも届くことはなかった。

二章

甘い接近

「伽耶がここんところ毎日登校してるって奇跡かよ！」

「どういう風の吹き回しだろうね」

「しかも、心寧のこと過保護に扱いすぎじゃね⁉」

「まあ、怖い思いしたばかりだし、守ってあげたいんじゃない？」

「あの伽耶が⁉　つーか、心寧を襲ったやつ退学にしたんだろ？」

わたしが危ない目に遭った日から、神葉くんはさらにいろいろと気にかけてくれるようになった。

神葉くんが授業に出ない日や、途中で帰った日は必ず畔上くんか朱雀くんが迎えに来てくれる。極力わたしがひとりで行動することがないようにって。

わたしを襲った男の子は、アメールのみんなが処分を進めてくれた……らしい。

いろいろ気にかけてもらった三人に、お礼として何かできることないかな。

考えてみた結果……前に三人とも甘いものが好きって言ってたのを思い出した。

せっかくだから、お菓子を作ってプレゼントしようかな。


――というわけで休みの日、キッチンを借りてお菓子作りをすることに。

今日は三人とも用事があって出かけてるから、帰ってくるまでに作り終えたいな。

なんだかんだ三人とも仲良しで、神葉くんがふたりを信頼してるのもわかる。

もともとお菓子作りは好きなので、久しぶりにこうして作れるのが楽しみ。

「三人ともお菓子だと何が好きなんだろう」

悩んだ結果、三人それぞれ違うお菓子を作ることにした。

材料を用意してレシピを確認して……作り始めたら夢中になりすぎて、気づいたら何時間も過ぎていた。

「あっ、もう三人が帰ってくる時間だ！」

たしか夕方の四時ごろには帰ってくるんだっけ。

すると、リビングの扉のほうから何やら声が聞こえてきた。

「あー、疲れた。腹減った！」

「一嘉は相変わらず集中力が欠けてるよね」

「うるせー！　ってか、なんかめっちゃいい匂いしね⁉」

「お菓子の甘い匂いがするね」

「あの、じつはわたしから三人にお菓子を作ったんです」

神葉くんにはショコラブラウニー、畔上くんには苺を使ったレアチーズケーキ、朱雀くんには抹茶ティラミスを作った。

「え、すご！　これぜんぶ心寧が作ったのか⁉　クオリティたか！」

「三人とも何が好きかわからなかったので、わたしのイメージで作ったんですけど」

「僕らのことを考えて作ってくれたんだ？」

「いつも送り迎えしてもらったり、何かと気にかけてもらってるお礼というか。ここでお世話になってるのもありますし」

「俺らのほうが世話になってんのにな！　伽耶がお前を気に入る理由なんとなくわかったわ！　放っておけねーし、守ってやりたくなるやつ？」

「それは僕もわかるなぁ。心寧ちゃんすごく可愛いのに、どうして素顔隠してるの？」

「か、可愛くはないです。普段は、あまり目立たないようにしてるだけで」

「たしかに心寧って学校のときと、寮にいるときの雰囲気違うよな！　俺は今みたいにちゃんと顔見えてるほうが好きだわー」

極力目立たず、地味に平穏に学校生活を送りたいのは変わらず……学校ではメガネで、髪もまとめるだけ。でも、寮ではとくに気にすることもなく、素顔のままで過ごしている。

「僕も心寧ちゃん可愛いなぁって思うよ。はじめて話したときから思ってたけど」

「隠すのもったいないよな！」

「でもさ、僕らが心寧ちゃんを褒めると、伽耶のご機嫌が悪くなっちゃうみたい。ほら見てよ、今も僕らのことすごい顔で睨んでるから」

「げっ、ほんとだ！　その顔怖いからやめろって！」

すると無言でこちらにやってきて、そのままわたしの肩を抱き寄せた。

「あの、神葉くん？　ふ、ふたりが見て……」

「……見せつけてんだよ」

「え……？　わわっ」

視界が神葉くんの手によって覆われた。

「そうやって心寧ちゃんの可愛さ隠すんだ？」

「……お前らは見なくていい」

「わー、こんな伽耶珍しいね。心寧ちゃんを独占したいんだ？」

「……だったらなに」

「おいおい、お前らケンカすんなよ！　それより心寧が俺らのために作ってくれたんだから、早速食べよーぜ！」

朱雀くんのおかげで、とりあえず場がうまく収まった……はずだったんだけど。

キッチンで晩ごはんの支度をしていると、神葉くんから視線を感じる。

毎日こうしてごはんを作ってるんだけど、いまだに三人の食べ物の好みがつかめない。リクエストを聞いても、三人ともなんでもいいばかり。

そんなことを気にしていたら、運悪く指を軽く切ってしまった。

「う、いた……」

これを見逃してなかった神葉くんが、すぐこちらにやってきた。

「ケガしたのか」

「少し切ったくらいなので大丈夫です」

そんなに深く切ってないから、軽く水で洗い流したら血も止まりそうだし。

すると、この様子をソファのほうで見ていた畔上くんが。

「驚いたよ。伽耶がここまで他人を気にかけるなんて。僕も心寧ちゃんのこと気にかけてみようかな」

「…………」

「だから、黙って睨むのやめなって。顔怖いよ？　それに伽耶だけずるいよ、心寧ちゃんのこと独占するの」

畔上くんまでキッチンにやってきた。

「僕も少しは心寧ちゃんのこと独占したいな」

「薫……触んな」

「えー、どうして？　心寧ちゃんは伽耶だけのものじゃないでしょ？」

畔上くんがにこにこ笑顔でわたしの手を握る。それを見て、神葉くんがすかさずわたしを抱き寄せる。

「なんだよー、伽耶も薫もどうした？　また心寧の取り合いかー？」

朱雀くんは他人事《ひとごと》みたいだし、神葉くんと畔上くんは、なんでかお互い睨み合ってるし。ふたりの間にいるわたしは、ちっとも料理が進まないまま。

――そして、やっと晩ごはんの時間。いつもみんなで集まって、リビングの大きなテーブルで食べている。

普段はもう少し落ち着いた雰囲気なんだけど、今日はそうではないようで。

「僕も今よりもっと心寧ちゃんと仲良くなりたいな」

「薫……なに企《たくら》んでる」

さっきから相変わらず、ふたりともこの調子。

「伽耶こそ、心寧ちゃんのことで何か隠してること……僕らに知られたくない秘密があるんじゃない？」

秘密って……なんだろう？

「一嘉だって、心寧ちゃんのこともっと知りたくない？」

「まあな！　心寧は可愛いところあるし！」

「伽耶だけが心寧ちゃんを独占できるなんて、思わないほうがいいよ。僕らだって、心寧ちゃんのこといつでも狙えちゃうんだから」

三人の様子を気にしつつ、ごはんを食べ始めてすぐ箸《はし》が止まった。

このお味噌汁《みそしる》すごくしょっぱい。ちゃんと味見《あじみ》をしてなかったせいだ。

すぐ三人にそれを言おうとしたんだけど、三人とも普通に飲んでる。

その光景にびっくりして、思わずまばたきを繰り返す。

「心寧ちゃん、どうしたの？」

「口ポカーンって開いてるぞ？」

「あっ、ううん。なんでもないです」

わたしの味覚がおかしい……だけ？

＊　＊　＊

もう本格的に衣替えの時期になってきた。

「心寧ちゃんは家に荷物を取りに帰るんだっけ？」

「はい。夏服を取りに。夕方には戻ります」

「ひとりで平気？　前みたいに車用意させようか？」

「大丈夫です。何かあれば連絡するので」

さすがに二度も実家についてきてもらうのは申し訳ないし。

この時間だったら家は誰もいないはずだから。早く取りに帰って、ここに戻りたい。

「それじゃあ、今から行ってきます」

アメール三人と別れて、ひとり実家へ向かう。

お父さんは仕事だし、お母さんもこの時間は、いつも家にいなかったはず。

心春はまだ学校だろうし。

久しぶりに家の鍵を使った。玄関の扉をそっと開けて中に入る。

正直、誰とも会わなくてホッとしてる。二階にある自分の部屋へ夏服を取りに行った。わたしがこの家を出てから、部屋の状態はまったく変わってない。

クローゼットの奥にしまってある夏服を取って、そのまま自分の部屋を出た。

だけど、神様はとてもイジワルだ。二階から降りると、玄関の扉が開いた。

「お、お母さん……」

「あら、もうここには帰ってこないと思ってたけど」

久しぶりに顔を合わせた親子の会話がこれって……。

「あなたがこの家を出た日、学園から連絡があったときは驚いたわ。いま本当に学園の寮で生活してるの？」

「……うん」

「そう。もう好きにしてちょうだい。誰もあなたに干渉《かんしょう》しないから」

「………」

「あなたがいないおかげで家の中が明るくなった気がするわ。荷物もまとめて持っていきなさいね。しょっちゅう帰ってこられても迷惑だから」

やっぱりお母さんは、わたしを心配するどころか、こんなことしか思ってないんだ。

「帰ってくる家があるなんて思わないほうがいいわよ？　あなたがここを出ていったんだから」

これくらい言われ慣れてるはずだから、自分の中でグッと我慢してこらえたらいいだけ。

「あなたを必要としてる人なんか誰もいないの。本当にかわいそうな子」

こうやって見下すようなこと言われても、今までだったら何も言い返すことなかった。でも――『思ってること、自分の中で押し殺してんじゃねーの？』神葉くんの言う通りだ。

自分さえ我慢したら、それでいいと思っていた。

だけど、きっとそれは違う。

「お母さんたちにとって、わたしは必要ない子かもしれないけど……。わたしには今ちゃんと居場所があるから」

どんなかたちであっても、今のわたしにはそばにいてくれる人がいるから。

「わたしを大切にしてくれる人……ちゃんと見つけたいって思うし、わたしだって、いつまでも何も言い返さないわけじゃないよ」

「な、なによ！　急に生意気なこと言って！　あなたなんてもう帰ってこなくていいわ！　早く出ていってちょうだい！」

お母さんがこんなに声を荒らげたのは、はじめてだ。

前のわたしだったら、こうなることが怖くて何も言い返さずにいたと思う。

それに、お母さんに対してあんなに強く言い返すことができた自分にもびっくりした。同時に、やっぱりあの家にわたしの居場所はないんだって思い知らされて、苦しくなって悲しくなった。

これでよかったはずなのに、漠然《ばくぜん》とした不安に襲われる。もうこれで、わたしは帰る家がなくなったも同然。感情に任せて口にしてしまったことを、今さら後悔しても仕方ないのに。

いろいろ考えすぎて、周りも確認せず身体がふらっと飛び出した瞬間……後ろから手を引かれて、そのまま抱きしめられた。

顔を見なくてもわかる。甘いムスクの香りが鼻をかすめたから。

「……お前さ、ちゃんと信号見ろよ」

横断歩道の信号が赤になっていたことに気づかず、道路に飛び出すところだった。

「どうして神葉くんがここに……？」

「暗い顔してたのが気になった」

そんな優しさを見せられたら、勘違いしそうになる。その優しさを向ける相手が、もしかしたらわたしだけなんじゃないかって。

些細《ささい》なことを気にかけてくれて、寄り添ってくれる優しい神葉くんは、昔と何も変わってない。

「前と同じ……」

約半年以上も前のこと、神葉くんは覚えてないだろうけど……。

「今日はお前泣いてないだろ」

「……え？」

「それに、いま心寧はひとりじゃない。俺がそばにいるんだから」

もしかして、あの日のこと覚えてくれてる……？

そんな淡い期待を抱いてしまう。

「母に、少し強く言い返してしまって。今まで一度も反抗したことなかったのに」

「自分が思ったことは口にしたらいいんだよ。我慢して溜め込まなくていい。思ってることはぜんぶ吐き出せ」

「っ……」

「自分の感情に素直になって言葉にできたってことは、成長したってことじゃねーの？」

神葉くんといると、前向きになれる気がする。

自分の思ってることを押し殺して逃げるんじゃなくて、少しずつ自分の思いを口にしていきたいって思えるんだ。

今までずっと、周りのせいにして逃げていたところがあったから。

いつもわたしを救ってくれるのは神葉くんで……もっと神葉くんを好きな気持ちが大きくなった。

＊　＊　＊

あれから神葉くんと寮に帰ってきた。すぐにお風呂に入って、今ちょうど出てきたところ。あたたかい湯船《ゆぶね》にゆっくり浸《つ》かって、気持ちも落ち着いた。

身体にタオルを巻《ま》いて、濡《ぬ》れた髪をひとつにまとめているときだった。

いきなり脱衣所の扉が開いた。

「えっ……!?　あ、畔上くん……!?」

「あ、ごめんね。今は心寧ちゃんがお風呂の時間だって忘れてた」

ど、どうしよう。こんな姿を見られるの恥ずかしい。

扉のほうに背を向けて身を小さくしてると……背後に畔上くんの気配が。

「──なんて、嘘だけどね」

「え……？」

「ずっとたしかめるチャンスを狙ってたんだよ。それに、ちゃんと鍵してなかった心寧ちゃんも悪いよね」

ゆっくり後ろを振り向くと、畔上くんの顔がとても近くにある。

いつもの笑顔の中に、危険さも含まれてるような。

「心寧ちゃんが嫌がることはしないからさ。ただ少しだけじっとしてて」

「ま、まってくださ──」

抵抗しようとしたら、ほんとに軽く背中に畔上くんの唇が触れた。ほんの少しペロッと舐められたような感じもして。

「ほらやっぱり……僕の思った通りだ」

「あ、畔上くん……？」

「少し前に心寧ちゃんを襲ったあの男は、これを見抜いていたんだね」

な、なんのこと……？

畔上くんは何かを確信したような表情をしてる。

「心寧ちゃんが飲まされたあの薬はね、心寧ちゃんをさらにあまーくするものだったんだよ」

やっぱり、今日の畔上くんはなんだか危険な気がする。

隙をついて脱衣場から飛び出したら、さらに予想外なことが起きた。

な、なんでこうもタイミングが悪いの……。

飛び出した先に、偶然神葉くんがいた。こんな姿で、しかも畔上くんとふたりでいたなんて知られたら、何か誤解されるかもしれない。

「……薫、何してる」

「わー、怖い。そんな睨まないでよ」

畔上くんから遠ざけるように、わたしの手を引いて抱きしめてきた神葉くん。

「……ふたりで何をしていた」

「心寧ちゃんのこんな無防備な姿見たら、さすがの伽耶も冷静じゃいられない？」

「返答次第では薫でも容赦しない」

「伽耶こそ何を隠してるの？」

いつもより張り詰めた空気感。そして、畔上くんがはっきり言った。

「僕ね、気づいたかもしれない。伽耶が心寧ちゃんを特別に構う理由」

なに、それ……？　畔上くんは、何か知ってるの？

「伽耶だけ独り占めするのずるいよね。伽耶が知ってる心寧ちゃんの秘密――」

「……言いたいことあるなら俺だけに言え。心寧を巻き込むのは許さない」

畔上くんを強く睨みつけて、そのままわたしの手を引いて脱衣所をあとにした。

神葉くんの部屋に連れてこられて……扉が閉まった途端、身体が壁に押さえつけられた。

「薫に何された」

「背中に少し唇が触れただけ、で……」

「……なんで俺以外に触られてんの」

「そ、それは……っ」

神葉くんこそ、そんな独占欲が混じったような言い方するのずるい。

「心寧に触れていいの、俺だけじゃないの？」

「や、う……」

耳たぶを甘噛みされて、身体が勝手に反応する。それに、耳元でささやかれると、甘い声が全身に響いてくる。

「あー……ここ弱いんだ？」

「ひゃっ……ぅ」

「腰動いてさ……素直に反応しすぎ」

耳元に落ちたキスが、今度は素肌に直接落ちてくる。

肌に唇が触れるたびに、身体が反応しないわけなくて……抑えようとしたら、それに気づいた神葉くんが、もっと刺激を強くするから。

「うや……そんな強くするの……っ」

肌を強く吸われるたびに、少し痛みがあって……。何度も首筋にキスが落ちてくる。

舌で軽く舐められたり、唇を押し付けられたり……こんなのずっと続いたら、甘すぎておかしくなりそう……っ。

「こういうの好きなの？」

「っ……神葉くんが甘くするから、です」

誰でもいいわけじゃない。神葉くんだから特別にドキドキするし、身体がこんな反応してるの。さっき畔上くんに触れられたときは、ほとんど何も感じなかったから。

「俺以外にこういうこと許すなよ」

尋常じゃないくらい、心臓がバクバク音を立てる。なのに、神葉くんはお構いなしにもっと攻めてくる。

「心寧を独占できるのは俺だけでいい」

「っ……」

「他の男……無防備に近づけんなよ」

好きな人に触れられて、平常心でなんかいられないし、何も感じないわけない。

熱っぽい瞳、甘い体温……すべてが理性を狂わせる。

「なぁ、ここにも俺のだって痕《あと》残したい」

肌とタオルの間に指を入れて、クイッと引っ張ってくる。

指が触れてるところがかなり際どくて、さすがにこれ以上はダメ……。

わずかに残ってる理性がストップをかける。

「ダメ……ぜったいダメ、です……」

「へぇ……俺に命令するんだ？」

「そ、そうじゃなくて。その……」

「心寧のぜんぶ……俺のにしたいって言っても？」

指先がさらに奥に入り込もうとしてる。そんな甘いこと言って、もっと触れてくるのが神葉くんのずるいところ。

「い、今はどうしてもダメ……なんです。恥ずかしくて死んじゃいそうで……」

触れられるのは嫌じゃない。でも、今はこれ以上されたらドキドキしすぎて倒れちゃう気がする。

「はぁー……お前それずるいよ」

何かを吐き出すように深くため息をついて、わたしから距離を取った。

「つーか、そんな無防備な格好で煽《あお》ってくんなよ」

「わわっ、きゃ……」

急にスポッとシャツを着せられた。ダボっとした大きめのものだから、もしかして神葉くんのもの……？

「こ、これって」

「いつまでもそんな格好でいられたら、俺の理性がもたねーの」

とはいっても、シャツの中……何もつけてないのは心もとない。

なのに、神葉くんは容赦なく攻めてくる。

「今日はこのまま離してやらない」

「きゃ……っ」

抱っこでベッドに連れていかれて、そのまま身体が倒された。わたしを抱きしめたまま、離してくれる気配はなさそう。

「ど、どうしてこんな……」

「心寧のこと独占したいから？」

ほらそうやって、揺さぶるような甘いこと言うのずるい。

さっきまで、畔上くんが言ってたことが引っかかっていたのに……気づいたら流されてしまってるのが、わたしの悪いところだ。

＊　＊　＊

「おーい、心寧！」

「……はっ、朱雀くん。どうかしましたか？」

「煙《けむり》すごいことになってんぞ！」

キッチンで朝ごはんを用意していたら、目の前が煙でいっぱいになっていた。

おまけにフライパンも焦《こ》がしてしまった。

しかも、その煙のせいで火災報知器《かさいほうちき》まで鳴ってしまう始末。朝ごはんは失敗に終わり、三人にはシリアルとヨーグルトですませてもらうことに。

「すみません、お騒がせしました……」

「俺が声かけなかったら危なかったな！」

昨日の夜から、なんだか少しぼうっとしてる。ダメだ、しっかりしないと。

気合いを入れて立ちあがると、ふらっとめまいが。それに気づいた神葉くんが、わたしを抱きとめた。

「薫、一嘉。コイツ今日欠席」

えっ……？　急にどうしたんだろう。

「あとお前ら、今日心寧に無理なこと言うなよ」

「きゃっ……」

そのままお姫様抱っこでベッドへ連れて行かれた。ついでに体温計も渡された。

「とりあえず熱ちゃんと測《はか》れ」

言われた通り測ってみたら、なんと三十八度を超えていた。

「なんで何も言わねーの」

「え、あっ……これくらいなら大丈夫かと思って」

そもそも熱があったことにびっくり。いつもより少しだるいくらいだったから。

「これで休まないの心寧くらいだろ」

「うっ、ごめんなさい」

「つらかったら俺にはちゃんと言えよ。これ約束だから」

誰も気づいてくれなかった些細なことも、神葉くんはすぐ気づいてくれた。そばにいればいるほど、神葉くんへの気持ちがどんどん大きくなっていく。これはきっと、叶わない恋なのに。

「着替え手伝う？」

「えっ……や、大丈夫です」

熱が高いせいか、身体がしんどくて思うように動かない。

それに、さっきよりめまいがひどくて。

神葉くんに支えてもらわないと、身体がベッドに沈んでしまう。

「いいからじっとしてろ」

リボンがほどかれて、ブラウスから腕が抜かれて……キャミソール一枚だけの姿に。

「病人ってわかってるから手出さないけど」

「……？」

「こういうの結構そそられんね」

熱で頭がぼうっとしてるけど、さすがにこんな姿を見られるのは恥ずかしい。

両手を胸の前でクロスさせて、身体を丸くする。

「こんな無防備なの俺にしか見せんなよ」

包み込むようにギュッと抱きしめられて。

素肌に直接触れられるだけで、鼓動《こどう》が高鳴る。

神葉くんはそんなのお構いなしで、わたしの腰のあたりに触れて何やら動いてる。

「ん、あった。これか」

スカートのホックに指をかけて、外そうとしてる。

「さ、さすがにこれ以上は大丈夫……です！」

神葉くんってば、ほんとにどこまで手伝う気だったの……。

なんとか部屋の奥に逃げ込んで、ひとりで着替えをすませた。

「な、なんで神葉くんがベッドにいるんですか」

「添い寝でもしてやろうかと思って」

「っ……⁉　だ、大丈夫です、ひとりで寝るので」

神葉くんが一緒なんて、逆に目が冴《さ》えちゃいそう。

「んじゃ、心寧がしたいことしてやる」

わたしがベッドに横になると、優しい手つきで頭を撫でてくれる。

「わがままなんでも聞いてやるよ」

「こうしてもらえるだけで、うれしい……です」

つらいとき、誰かにそばにいてもらえることが今までなかったから。

「ほんと欲《よく》ないね」

そう言って、優しく手をつないでくれた。

誰かの体温を近くで感じるだけで、こんなに安心するんだ。眠気が強くなってきて、ゆっくりまぶたが重くなっていく。

「そばにいてやるから、ちゃんと休めよ」

まぶたに落ちてきたキスに安心して、ふわっと意識が飛んだ。

＊＊＊

しばらく眠り続けて、息苦しさを感じてハッと目が覚めた。

壁にかかる時計を確認したら、もう夕方四時を過ぎていた。

あれからずっと寝ていたんだ。風邪のとき、こんなに落ち着いて眠れたのは久しぶりかもしれない。神葉くんがそばにいてくれたから、安心して眠れたのかな。

周りを見渡すと、神葉くんはいない。

身体が汗ばんでいたので、いったん着替えることにした。喉がカラカラで、飲み物を求めてリビングへ。冷たい水を喉に流し込むと、スーッと通ってきもちがいい。

「あれ、心寧ちゃん。起きて大丈夫？」

「畔上くん。今までずっと寝てたおかげで、今朝よりは楽になりました」

ちょうど授業が終わって帰ってきたのかな。

「そっか。でもあんまり無理しちゃダメだよ?」

「心配かけてしまってすみません」

「謝らなくていいよ。それより何か欲しいものある? 遠慮《えんりょ》なく言ってね」

するとこのタイミングで朱雀くんも帰ってきた。

「なんだよ、ここにいたのかよ。ほらよ、これ見舞い」

「わわっ……え、こんなにたくさんいいんですか?」

いろんなものが入った袋を渡された。中にはスポーツドリンクとかゼリーとかアイスがたくさん。

「一嘉にしては気が利くね」

「うるせー。俺だってこれでも心配してるんだからな」

「朱雀くん、ありがとうございます」

「それ食って早く治せよ!」

「じゃあ、僕はおかゆでも作ろうかな」

「そこまでしてもらうのは申し訳ないです」

「どうして？　僕らいつも心寧ちゃんにお世話になってるし。そのお返しだと思ってくれたらいいんだよ？」

「だな！　今日くらいはなんでもわがまま聞いてやる！」

アメールのみんなと一緒に過ごしてるおかげか、ここに来てから寂しさとかあまり感じてない気がする。

最初は三人のお世話係なんて戸惑いがあったけど……今こうして何気なく一緒に過ごす毎日が、わたしにとっては楽しくて幸せなことなのかな。

「畔上くんも朱雀くんも、ありがとうございます。ふたりのおかげで体調少し良くなった気がします」

「ほんとか！　つーか、今日の心寧ふわふわして可愛いな！　なんか弱ってる感じが刺《さ》さるんだよなー」

「一嘉、病人相手に変な気起こしちゃダメだよ」

「お前こそ心寧に手出すなよ⁉」

「さあ、それはどうだろう」

結局このあと畔上くんがおかゆを作ってくれて、朱雀くんもわたしの体調を気遣ってくれたり。

――そして迎えた夜。体調が良くなったのでお風呂に入ったけど、これがダメだったのか熱が急激に上がってきた。

「はぁ……っ」

ベッドに横になってるのに、身体がしんどくて呼吸が苦しい。身体の向きを変えても苦しさはおさまらない。それに、真っ暗の中ひとりでいるのが心細く感じる。

すると、扉から何か音がしたような気がして、そばに誰かの気配が。

おでこに触れられた手が冷たくて、ぼんやりその人のほうを見た。

「しんば、くん……?」

「悪い。起こした?」

「いえ……。なんだか、眠れなくて……」

うまく息ができなくて、苦しい呼吸が続く。こんな姿見せたら、また心配をかけてしまう。

「……俺がそばにいてやるから。落ち着いてちゃんと息しろ」

背中を優しく撫でてくれて……そのおかげか、少しずつ呼吸が楽になってきた。

そばに神葉くんがいてくれてるのがわかるから、すごく安心するの。

今だけ、もう少し甘えてもいいのかな。神葉くんの手をほんの少しだけギュッと握った。

「可愛いことすんね」

「っ……」

「ん、もっと抱きしめてやるよ」

風邪のときは、どうしても心が寂しくなって甘えたくなる。でも、今までずっと誰かに甘えるとか、誰かを頼るとか……したことなくて。だけど、今は許されるなら神葉くんにもっと甘えたいと思ってしまう。

それに、しまい込んでいた自分の想いが、ぜんぶ出てきてしまいそうで。

「こうしてつらいとき、誰かがそばにいてくれたことなくて……。ひとりで大丈夫って言い聞かせてたけど、ほんとは心細くて寂しくて……っ」

「お前はえらいよ。今までずっと我慢してきて」

弱ったわたしの心を、ぜんぶ包み込んでくれる。

その優しさに、わたしは何度救われたか。

「だから、俺の前では我慢するなよ」

「それだと、神葉くんに迷惑……」

「そんなこと思わねーよ。むしろお前にはもっと甘えてほしいくらいなんだけど」

さらに抱きしめる力が強くなった。それに、優しい手つきでわたしの頬に触れたり、まぶたにキスをしたり。

「俺にこうされんの嫌ならちゃんと拒否しろよ」

「神葉くんに触れられるのは、嫌じゃない……です」

控えめに神葉くんの手を握って、じっと見つめる。

「お前さぁ、それ無自覚なの？」

「っ……？」

「抑えきかなくなってもいいわけ？」

たぶんこれは、熱に浮かされてるせい——。

「もっと……そばにいてほしい、です」

普段ならぜったい口にできないこと。でも今なら、ぜんぶ熱のせいにすればいいいって……ずるい思考が働いた。

「はぁー……今のは煽った心寧が悪い」

唇が触れるまでほんのわずか……お互いの吐息が混じり合う。

「甘いことしかしないから——俺の好きにさせろよ」

「んんっ……」

はじめて唇に落ちたやわらかい感触が、一瞬で甘い熱に誘い込んでくる。

軽く触れるだけのキスが、少しずつ深くなって……徐々《じょじょ》に甘く攻め込んでくる。

「……どう、きもちいい？」

「はぁ……ぅ」

「ははっ……聞かなくても身体が反応してるか」

「ん……んん」

「もっとしたくなるような反応するなよ」

キスの最中に漏れる吐息すらも、ぜんぶ吸い込まれそうになる。ずっと唇を塞がれて、意識が流されかけたとき……ハッとした。

「風邪、うつっちゃいます……」

「そんなこと気にしてる場合？」

「で、でも……っ」

「まあ、そういうとこ心寧らしいか。ってか、俺にうつせばいいだろ」

「ダメ……です。神葉くんが、んんっ……」

「お前が早く楽になるようにしたいんだよ」

唇が触れてるだけなのに、全身がうずくように熱いのはどうして……？

それに、キスされてるって意識すると胸がぎゅうっとなる。

「……お前の唇甘すぎて溺れそうになる」

さらにもっと深く口づけされて、身体の熱はあがる一方だけど……。

「神葉くんの唇……冷たくて、きもちいい……」

「お前さぁ……その無自覚に煽ってくるのどうにかしろよ」

「っ……？」

「ならもっときもちよくしてやる」

優しくて甘いのに、呼吸を奪ってくるようなキス。

チュッと音を立てて唇を吸われると、身体がビクッと反応して。

唇を覆うような、感触を強く押し付けてくるキスに変わると、声がうまく抑えられなくなる。

「はぁ……っ、ぅ……ん」

息の仕方もわからなくて、ただ甘さにどんどん溺れて。

苦しいのに……ずっとこのままがいい。

「心寧……口あけろ」

「ん……ふっ……」

唇をペロッと舐められて、その反動で口元がわずかに小さく開く。

「……もっとだよ。それじゃ足りねーだろ」

少し強引に口をこじあけられて、舌が入り込んでくる。

「うぁ……これ、やっ……」

「こんな欲しそうにして……お前ほんと可愛いね」

酔いしれるような甘いキスに、冷静な思考も理性もなくなる……まるで麻薬のような中毒性。

繰り返されるキスに思考が麻痺《まひ》して、息も乱れて……もうわたしが限界……っ。

それに、さっきからずっと熱くて喉が渇いて仕方ない。

「しんば、くん……っ」

「ん……？」

「お水……飲みたい、です」

サイドテーブルに置いてあるペットボトルに手を伸ばすと、神葉くんがそれを取って自分の口に運んだ。そしてそのままもう一度、口づけした。

「んんっ……」

わずかに口をあけると、スーッと水が中に流れ込んでくる。

口の端からほんの少し水がこぼれる。それを神葉くんが舐めて、艶っぽい瞳でわたしを見る。

「……もっと欲しい？」

流れ込んでくる水は冷たいのに、触れる唇から感じる熱は引いていかない。

「ふう……ん」

「なぁ、心寧……ちゃんと答えろって」

「甘すぎて……おかしくなりそうで怖い……っ」

こんな甘いの覚えたら、いろんな欲が抑えられなくなりそう。

控えめに神葉くんの瞳をじっと見る。

「はぁー……これ以上は俺がもたない」

最後にもう一度だけ、軽く触れるキスを落とした。

「……お前のこと壊しそうになる」

まるで嵐の前の静けさのような、甘い時間だった。

苦い秘密

わたしが風邪で体調を崩したあの日……熱に浮かされていたせいもあったり、所々記憶が飛んでいたり——でも、確実に覚えているのは。

「どうしよう……神葉くんとキスした……」

それも何度も……しかも、今でも唇に感触が残っていて、そのときのことを思い出すくらい。

こんなの意識しないわけなくて、どうしてキスしたのか気になるばかり。

平常心でいようとしても、神葉くんを前にしたらキスのことを思い出して空回り。

「しんば、くん……っ」

「ん……？」

朝、いつものように起こしに行ったら、あっという間にベッドに引き込まれて。

「ね、寝ぼけてますか……？」

「……ん、どうだろ」

「それなら、起きてくださ……んんっ」

唇に甘いキスをたくさんして……。わたしから理性を簡単に奪っていく。

身体の奥がジンッとうずいて、意識がぜんぶキスにもっていかれてしまう。

ベッドのシーツをつかむと、その手も神葉くんによってつながれて。

「心寧が嫌ならやめるけどさ……」

「はぁ……っ」

「そんな顔して嫌ってことないだろ」

「んっ、うぅ……」

「俺ね、心寧とのキス好きみたい」

どこまでも惑わして……深く堕とすようなキスを繰り返す。

艶っぽい濡れた唇が音を立てるたびに身体に響いてくる。

「……きもちよすぎて力入んない？」

キスしながらなのに、神葉くんの指先は器用に動く。

襟元でシュルッと何かこすれたような音がして……ほどかれたリボンがヒラッと落ちるのが見えた。

「お前かわいーからさ。抑え方わかんねーの」

「やっ……これ以上はダメ、です」

朝からこんな甘く攻められたら、わたしの心臓がもたない。

それに、こうしてる間にも時間はどんどん過ぎていくわけで。

「畔上くんと、朱雀くんが来ちゃうかも……ですし」

「見せつけてやる？　俺たちがこうしてるところ」

「っ……!?」

「それか……誰も入れないように、俺たちだけで愉しいことする？」

「か、からかうの禁止です……！」

それから、なんとか神葉くんを起こすことに成功。

あとは着替えて朝ごはんを食べるだけ……なのに。

「なぁ、心寧」

「な、なんで上何も着てな……っ」

「……ん？　心寧に着せてもらおうと思って」

着替え始めたと思ったら、なぜが上半身裸の状態でわたしに迫ってきてる。

「ほら、俺風邪ひくよ」

シャツとネクタイを渡された。こ、これほんとにわたしが着せるの……？

すでに目のやり場にかなり困ってるのに、グイグイわたしとの距離を詰めてくる。

「早くしないと遅刻するんじゃねーの？」

「あ、う……ちょっとまって、ください」

シャツのボタンを留める指先が震えて、全然うまくできない。

それに、どこに視点を合わせたらいいのかわからない。

「ほんと男に慣れてないのな」

「か、からかってますか？」

「ううん、可愛がってんの」

「なぅ……もう、できないです……っ」

「逃げんなよ。つーか、俺が逃がすと思う？」

「きゃっ」

グッと抱き寄せられて、神葉くんの腕の中に閉じ込められた。

こんなの心臓いくつあっても足りない。

「俺にずっとこうされるか、さっきの続きするか……どっちがいい？」

「つ、続きちゃんとするので」

なるべく意識しないように、指の震えを抑えながらなんとかぜんぶ留めた。

シャツってこんなにボタンあったっけ……？　そう思うくらい、全然すんなりいかなくて時間がかかってしまった。

あとはネクタイだけ。襟元にネクタイを通したいんだけど、わたしの背だと神葉くんに届かない。

「あの、少しだけかがんでもらえますか？」

「ん……」

「ひゃ……ち、近すぎです……！」

「ここにされるの期待した？」

わたしの唇に触れて、そんなこと言う神葉くんに流されちゃいけない。

――こんな調子で振り回されてばかり。

朝ごはんを食べてる今も、まだ眠そうな神葉くんがわたしにもたれかかって離れてくれない。畔上くんも朱雀くんも見てるのに。

「なんか伽耶と心寧の距離近くね⁉」

「一嘉はいつもそれ言ってるよね。まあ、心寧ちゃんがわかりやすいくらい顔真っ赤だし。さっきまで伽耶の部屋で何してたのかな？」

うっ、畔上くんの聞き方イジワルだ。わたしが困ってるのを笑顔で愉しんでるように見えるから。

「……薫。あんま心寧に近づくな」

「わー、牽制《けんせい》だ？　それとも嫉妬《しっと》かな？」

「あの伽耶が妬《や》くって相当じゃね⁉　つーか、伽耶が心寧を気に入ってる理由そろそろ教えろよー」

「……うるさい教えるわけない」

「うわっ、お前ほんと冷たいなー。薫は何か知ってんだろ⁉」

「今はやめたほうがいいんじゃない？　伽耶のご機嫌損ねちゃうから」

こうして今日も三人と一緒に学園へ。最近ずっと神葉くんがクラスに顔を出すから、クラスメイトも先生も驚いている。

午前の授業が終わり、迎えたお昼休み。

最近お昼は神葉くんとテラスで食べている。ここは目立たない場所だし、あまり人目につかないから。

「し、神葉くん？」

「……ん、なに」

お弁当を食べ終わって、わたしの肩にもたれかかって眠そうにしてる。

「あの、今少し話してもいいですか」

「なんでそんなかしこまってんの。普通に話したらいいだろ？」

「えっと、神葉くん眠そうなので」

「心寧にこうするのが落ち着くだけ。──で、なに？」

「話したいというか、渡したいものがあって」

この前、買い物に行ったときに見つけた、ショコラマカロン。マカロンは見た目も可愛いし、甘くて美味しいから神葉くんも好きかなって。

「甘いの好きって聞いてたので。えっと、これは神葉くんだけにプレゼント、です」

「俺だけ……ね。薫と一嘉にはないんだ？」

いつも感情が読みにくい神葉くんだけど、声の感じが少しうれしそうに聞こえるのは気のせい？

「神葉くんだけ、です」

本当はもっといろんなことが知りたい。

好きなものとか苦手なものとか。些細なことでもいいから、少しずつ知っていきたいと思うのは欲張りなのかな。

「んじゃ、心寧が食べさせて」

マカロンをひとつ手に取って、神葉くんの口元へ運ぶ。ひと口でパクッと食べて、満足そうに笑ってる。

「ん、ありがと。……でも俺こっちのが好き」

「へ……っ」

顎をクイッとつかまれて、ふわっと唇が重なる。

いつもと少し違う……チョコレートの甘い香りに包まれたキス。

「心寧のが甘い」

唇の端をペロッと舐める仕草が、色っぽく映る。

はじめは触れるだけだったのに、唇の形をたしかめるようなキスに変わって……

まんべんなく熱が広がる。

上唇がわずかに動いて、チュッと吸うような音が何度も聞こえる。

「なぁ、なんで声抑えんの？」

「だって、誰かに聞かれちゃうかも……んっ」

「俺が塞いでやるから さ……我慢すんなよ」

「ん……はぁ……っ」

「俺にしか聞かせんなよ」

この甘い時間が、ずっと続いたらいいのに。

＊　＊　＊

──放課後。今日は朱雀くんが迎えに来てくれて、一緒に帰ってる途中のこと。

「わわっ、きゃ……！」

「おい心寧⁉」

何もないところで、思いっきり転んでしまった。こんなに派手に転んだの小学校以来かも……情けない。膝を擦りむいて血が止まらない。

「大丈夫か？　つーか、気をつけろよな。お前に何かあったら、俺が伽耶にキレられるんだからよー」

「すみません、迷惑かけてしまって」

「とりあえずケガの手当て――って、ん？　なんかお前いつもと違う匂いしね？」

「匂い、ですか？」

「なんかこう、俺らの好きな匂い」

なんだろう？　香水とか何もつけてないし。

「朝はなんも感じなかったけどなー」

すると、朱雀くんの目線が下に落ちた。

「お前もしかして――」

「……？」

「とりあえずいったん帰るか」

「わわ、え……っ」

「その状態じゃ歩くのつらいだろ？　俺が運ぶほうが早いし。じっとしてねーと落とすからな」

わたしをひょいっと抱きあげて、お姫様抱っこで朱雀くんの部屋へ。

どうしてリビングじゃなくて、朱雀くんの部屋なんだろう？

「あの、すみません。手当てまでしてもらって」

「………………」

「す、朱雀くん？」

「ちょっと手貸せ。あとじっとしてろ」

手の甲に、朱雀くんの唇が落ちてきた。

びっくりして、とっさに手を引こうとしたけど、朱雀くんが許してくれない。

何が起きてるのか、さっぱり理解できないまま。

「……やっぱりな」

何か確信したような表情で、わたしをじっと見つめる。

「お前のそれ、ちゃんと自覚あんのか?」

「あの、朱雀くん……?　なんか近い気がします」

「俺の聞いてることに答えろって」

「自覚って、なんのこと言ってるのかわからないです」

そして次の瞬間、まさかのことが告げられる。

「お前ケーキなんじゃねーの?」

「ケーキ……?」

「大半は自覚ねーって聞いたことあるけど」

「ケーキって、わたしが、ですか……?」

「そう。さっきお前の血の匂いでなんとなくわかったんだよ。まさかとは思って軽く舐めてみたら、ほんとに甘くてビビったわ」

正直、ケーキとフォークのことは噂で軽く聞いたことがある程度で。たまにその手のニュースを見たりするくらいで……。それに、ほとんどが普通の人間で、ケーキとフォークである人間のほうが珍しいから、迷信のような扱いをされてると思っていた。

「俺らの秘密教えてやろうか？」

わたしがケーキだということに気づいたってことは――。

「俺たちみんなフォークなんだよ」

これはきっと、アメール三人がフォークであるということ。

「俺たちはさ、ケーキのぜんぶが甘く感じるんだよ。だから、心寧は俺たちにとって最高のごちそうってことだ」

ケーキの汗や血、涙……皮膚などもフォークにとっては極上に甘いもの。

味覚がないフォークにとって、唯一甘さを感じられるもの……それがケーキ。

そんなケーキを欲しがるフォークはたくさんいる。

「俺はケーキに出会ったことなかったし。にしても、こんな甘いなんてな」

まさかわたしがケーキで、アメール三人がフォークだなんて。

思い返せば、甘いのが好きって口癖のように言っていたのは――〝ケーキ〟の甘さを求めていたってことなんだ。

「伽耶がお前に構う理由わかったわ」

「……え？」

「心寧がケーキだからだろ。それ以外に理由あるか?」

はっきり突きつけられた現実を、うまく受け止められない。

「たぶん、伽耶はお前がケーキだって気づいてる」

これですべてが納得いくようにつながった。ずっと疑問だった。平凡で何も取り柄のないわたしが、神葉くんに選ばれてそばにいる理由。

何も特別な感情なんてなかったんだ。ただ、フォークとしての欲を満たせるのが、ケーキであるわたしだった……それだけ。

神葉くんはいつもわたしのことを甘いと言っていた。今までずっと、なんのことか理解できなかったけど……これはきっと、ケーキであるわたしの甘さのこと。

わたしを気にかけてくれていたのは、わたしがケーキだから。それ以外に理由なんか何もない。

今までの神葉くんと過ごしてきた時間、わたしにかけてくれた言葉……すべてがこんな一瞬で霞んでしまって——同時に胸が痛かった。

甘い逢瀬

「はぁ……」

「蜜澤さん、大丈夫？」

「あっ……倉木くん」

気づいたら授業が終わっていて、休み時間に入っていた。

「今日ずっとため息ついてるけど、何かあった？」

「あ、ううん。そんなにため息ついてたかな」

自分じゃ全然気づかないから、無意識って怖い。

「顔色もあまり良くないし心配だよ。体調悪い？」

「全然元気だよ。心配かけちゃってごめんね」

わたしがケーキで、アメール三人がフォークであることを知ってから数日。

朱雀くんには、この前の出来事はふたりだけの秘密にしてほしいってお願いした。まだわたしが、この事実をうまく受け止めきれていないから。

神葉くんは、いつからわたしがケーキだって気づいていたんだろう。

わたしの誕生日に、はじめて会話を交わしたとき……？　バイト帰りにお客さんに絡まれて助けてくれたとき……？　アメールの寮で生活を始めてから……？

それに、朱雀くんが言っていた。神葉くんは確実に気づいてるし、感覚が鋭い畔上くんもたぶん気づいてるって。

あぁ、もう考えだしたらキリがない。それに、これは誰にも打ち明けることができないし相談もできない。

「もしかして、アメールのやつらのせいで何か悩んでる？」

〝アメール〟って聞こえてドキリとした。それを悟られないように、なんともないふりをする。でも、倉木くんは話し続ける。

「この前もアメールが退学者を出したって噂で聞いたんだよ」

「そ、それは」

たぶん、この前わたしを襲った男の子のことだ。

でも、この件は神葉くんがきちんとした処分が必要だと判断して、退学処分を言い渡したって畔上くんが言っていた。だけど、これは口外《こうがい》していいことなのかな。

「やっぱりアイツらは、自分の持ってる権力を振りかざすだけで――」

「それは違うよ。理由もなく、そんなことする人たちじゃないと思う」

三人ともそんな悪い人とは思えないから。まだほんの数ヶ月しか一緒にいないわたしが言えることじゃないかもしれないけど。

「俺は蜜澤さんのことが心配で言ってるんだ」

「ありがとう。わたしなら大丈夫だよ」

「アイツらに何か脅《おど》されてる？」

「ど、どうして？　わたしはむしろ三人に――」

倉木くんには、どこまで話していいんだろう。わたしがお世話係としてアメールの寮に住んでることは、いまだに誰にも知られていない。むしろ、この事実が学園中に知れ渡ったら、それこそ大変なことになる。

クラスメイトである倉木くんには、あまり深く話すことでもないだろうから。

「アメールの三人がどうかした？」

「ううん、なんでもない……よ。ほんとに平気だから。いつも気にかけてくれてありがとう」

倉木くんには申し訳ないけど、逃げるように教室を出た。

「……なんでわかってくれないんだよ」

倉木くんの声は、周りにいるクラスメイトの声にかき消されて、わたしの耳に届くことはなかった。

＊　＊　＊

――放課後。

職員室から戻る途中、偶然通りかかった空き教室から声がした。

扉の小窓から中に誰がいるのか見えて……神葉くんともうひとり、女の子がいた。

ふたりの距離がなんだか近くて、女の子のほうが迫ってるように見える。

コソコソ隠れて見るなんてよくないのに……ふたりから目が離せない。

「どうしたら神葉くんのそばにいさせてもらえるの？　蜜澤さんが特別なら、わたしも特別にしてよ……なんでもするから」

感覚が麻痺してた。わたしが神葉くんのそばにいられるのは、特別な想いがあるとかじゃない。ただ……わたしがケーキだから。

「……なんでも、ね」

何を考えてるのかわからない、浮き沈みのない声。

神葉くんがどう答えるのか……先の言葉を聞くのが怖い。それに、ふたりがこれ以上接近するところを見ると苦しくなる。

さっきまで目が離せなかったのに、今はふたりを早く視界から遠ざけたくて……気づいたらその場から足が動いていた。

「はぁ……っ、何やってるんだろう」

教室に着いたころには、少し息が乱れていた。

そして同時に気づいた。今日迎えに来てくれるのは、畔上くんでも朱雀くんでもない――神葉くんだ。

ひとりで帰りたいけど、わたしだけじゃ寮の中には入れないし。畔上くんか朱雀くんに連絡すれば、遠隔《えんかく》でロックを解除してもらうことはできるけど。

とりあえず、カバンを取ってから考えよう。

教室の扉に手をかけて、横にスライドしようとしたときだった。

「えー、こんな雑用《ざつよう》とか残ってやるの面倒じゃん。誰かやってくれる人いないかなー」

「蜜澤さんとかは？　まだカバンあるし、お願いすればやってくれそうじゃない？」

中から女の子たちの会話が聞こえて、思わず手を止めた。

「たしかにー。あの子って押しに弱そうだし、地味でおとなしいから頼まれると断れなさそうー」

あぁ、わたしってほんと都合のいいときに使われるタイプなんだ。

こういうこと昔からありがちで、慣れてしまった。面倒ごとを押し付けられることが多くて、断ることもできなくて。ただ、自分の意思を相手に伝えたらいいだけなのに、それができない自分も嫌いだった。

「あっ、蜜澤さんだ〜！　ちょうどよかった、お願いしたいことあってさ！」

女の子のひとりが、わたしに気づいて声をかけてきた。

きっと、少し前のわたしだったら、無理やり笑顔を貼り付けて安請《やす》け合いしてた。

でも今は――。

「これなんだけどさ、わたしたち今から用事あって作業できなくて～。だから、蜜澤さん引き受けてくれないかなーって」

都合よく扱われるのが嫌なら、自分できちんと断る勇気を持つのも必要。

自分の中で思ったことを口にせず、呑み込んでしまう癖をなくしたい。

こう思えるようになったのは、神葉くんのおかげ。わたしも少しずつ変わっていかなきゃいけない。

「蜜澤さん？」

「あっ、えっと……ごめんなさい。わたしも今から用事があるので、引き受けることはできない……です」

女の子たちみんな、目を合わせて少し驚いた顔をしてる。

ここまではっきり断ることができて、自分でもびっくりしてる。

「あー、そっか！　じゃあ、わたしたちで残ってやることにしよっか！」

「だね。その前に先生に報告することあったから、いったん職員室行こ」

そう言って、みんな教室を出て行った。

すると、入れ違いで誰か入ってきたのがわかって……。

「ちゃんと言えてえらかった」

「神葉くん……今の見てたんですか？」

わたしの頭を軽く撫でて、そのまま抱きしめてきた。

「成長してるじゃん」

「神葉くんのおかげ、です」

こうやってわたしを気にかけてくれるところも、やっぱり好き……。

ケーキとフォークの関係性とか、さっきの空き教室でのこととか——今はぜんぶ抜きにしたい。……なんて、勝手な考えが浮かんで、神葉くんに気づかれないように、少しだけギュッと抱きしめ返した。

「……可愛いことすんね」

「っ、ごめんなさい」

「なんで謝んの？　いつもこれくらい積極的にきてほしいんだけど」

サイドを流れる髪を、スッと耳にかけられて……。

「……なぁ、心寧」

甘くて低い声がクリアに響く。

「夜……俺の部屋こいよ」

誘惑に流されちゃダメなのに……。好きな人に求められたら何かを期待して、それに応えたいと思ってしまう。

「お前のこと可愛がりたい気分なの」

たとえそれが、わたしの一方通行な想いだったとしても。

＊　＊　＊

時刻は夜の十時を過ぎた。

わたしは今、神葉くんの部屋の前にいる。

扉をノックしようか、それとも自分の部屋に戻ろうかの繰り返しで、かれこれ十分くらい過ぎてる。

やっぱり、引き返すべき……かな。きっと、この部屋で神葉くんとふたりっきりになったら――。

「わっ……」

「来るの遅い」

目の前の扉が、神葉くんの手によって開いた。

「心寧のこと待ってた」

甘すぎる声に、何かがグラッと揺れた音がした。

手を引かれて、扉が閉まった瞬間……危険な誘惑から逃げられない気がした。

ベッドに連れていかれて、唇が重なる寸前。

「神葉くんは、誰とでもこういうことするんですか……？」

放課後の空き教室で、女の子に迫られていたのをふと思い出した。

わたしの問いかけに、神葉くんは表情ひとつ変えない。

「心寧だけ――って言ったら？」

あぁ、ずるい。そんな言葉で揺さぶってくるなんて。

「でも、今日……」

踏み込みすぎた。わたしは神葉くんの彼女でもないのに。

喉まで出てきた言葉を、なんとか呑み込んだのに。

「今日なに？」

「な、なんでもな――」

「心寧」

「っ……」

「隠さずにちゃんと言え」

わたしが口をつぐんでも、逃げ場なんてない。

だったら――。

「神葉くんが、女の子に迫られてるところ……偶然見てしまって」

「……ん、で？」

「その、神葉くんの答えが気になって……でも、その場から離れてしまって」

「お前さぁ、覗《のぞ》いていくなら最後まで見ていけよ」

「だ、だって、それ以上見るのは……」

心が苦しくなるから……なんて口が裂《さ》けても言えない。

わたしが神葉くんを好きだって気持ちは知られちゃいけない。だって、わたしと神葉くんはそもそも住む世界が違うんだから。わたしにとっては手の届かない存在で、今こうしてそばにいられるのは、ほぼ奇跡のようなこと。だから、これ以上を求めて欲張ったらいいことない。

「俺がどうしたか気にならねーの？」

その質問はずるい。気にならないわけない。

もしかして、それをわかってわざと聞いてきてる……？

「興味わかないって断った」

「……え？」

「つーか俺ね、心寧にしか興味ないの」

心臓をギュッと鷲掴《わしづか》みにするひと言。

本当は、この言葉を素直に受け止めたい。でも今は……わたしがケーキだからそばに置いてるだけなんじゃないかと思ってしまう。

「……こんな欲しいのも、こんな可愛がりたいのも心寧だけ」

ほらやっぱり……この甘さにはまったら、もう抜け出せない。

ゆっくり顔が近づいて、唇が重なった。

「……んっ、ふぅ……」

「ん……そのまま俺の首に腕回して」

こんなに求められるのは、わたしがケーキだから。この事実が頭に浮かぶたびに胸が苦しくなるのに……。

「心寧……もっと」

どうしたって、理性が甘さに支配されてしまう。

唇の熱が全身に伝染《でんせん》してるみたいに、どんどん広がって……キスの最中にお互いの吐息が漏れる。

「……息止めんなって」

「う、うまくできなくて……っ」

「ほら口あけろ」

「んんっ……」

神葉くんの指先が下唇に触れて、少し強引にこじあけられた。

冷たい空気を吸い込めたのは一瞬で、熱い舌が入り込んでくる。

「……っ、んや」

口の中で熱が絡まって、身体の奥がうずいてくる。

散々甘さに侵《おか》されて、全身の熱もあがりきって、分散しないもどかしさに襲われる。

「なぁ、心寧……名前呼んで」

「……ふ、え？」

「ちゃんと呼ぶまでこのままな」

まだ全然余裕そうに、キスを愉しんでる。

わざと音を立てるように唇を吸ったり……それが耳元に響いてくる。

「しん、ば……くんっ……」

ついばむようなキスに遮《さえぎ》られながら、なんとか呼んだのに。

「そうじゃないだろ」

「ん……ひぁ」

「ちゃんと伽耶って呼べよ」

お腹のあたりがヒヤッとした。なぞり落ちる手が肌を滑《すべ》って、それにもいちいち身体が反応してしまう。

「っ、うや……」

ゆっくりじっくり触れられると、なんだかもどかしくて。

「……焦《じ》らされんの嫌なんだ？」

「ち、ちがっ……」

「激しいほうがいい？」

「やっ、うぅ……あっ」

指の動きを大胆にして、弄《もてあそ》ぶように刺激を強くしたり弱くしたり。

「ちゃんと、呼びます……っ。だから、ん……」

「……んじゃ、ぜんぶ止めてやる」

誘い込むような瞳で見てくる。

静かな空間の中に、自分の乱れた呼吸がわずかに漏れるのが耐えられなくて。

「か、伽耶……っ？」

「ふっ……なんで疑問形？」

「うぅ、やっぱり無理です、伽耶くん……で許してください」

「……んじゃ、これからもそうやって呼べよ？」

こうやって触れたりキスを許してしまうのは、わたしたちの関係がケーキとフォークだから……？　わたしは、神葉くんが好きだからって気持ちがあるけど、きっと神葉くんは違う。

だけど今は、その〝好き〟が本当なのかわからなくなってきた。

この関係を知る前……出会ったころの神葉くんに対する好きって気持ちは、間違いなく本物だった。ひとりだったわたしに寄り添ってくれた優しさに、強く惹かれたから。

だけど今は、わたしの中にあるケーキとしての本能が、フォークである神葉くんを求めてるだけなんじゃないかって。もしかしたら、フォークだったら誰でもいいの……？

やっと、少しずつ神葉くんとの距離が近づいたと思ったのに……この恋はやっぱり叶わないのかもしれない。

三章

甘い誘惑

「あの……伽耶、くん……？　わたしはいつまでこうしてたら……」

「……俺まだ満足してない」

今日は授業が休みの日。朝、いつもと変わらず伽耶くんを起こしに行くと、すんなり起きてくれないのは変わらずで。

それに、まだ〝伽耶くん〟って呼ぶのに慣れない。

かれこれ二十分くらい伽耶くんはわたしに抱きついたまま、ベッドから動いてくれない。

最近気づいたこと。寝起きの伽耶くんは、いつもより少しだけ甘えん坊になる。

「……ってか、心寧抱きしめてるのあったかくて落ち着く」

わたしの心臓は、まったく落ち着かない。それに、相変わらず伽耶くんの部屋の温度に慣れない。

もう七月に入っているのに、冷房をまったくつけていないし、半袖が出番の季節だっていうのに、薄い長袖のシャツを着てる伽耶くん。なのに、ほとんど汗をかいていないし、身体はいつも少し冷たくて体温もあまり高くない。

「伽耶くんって、寒がりなんですか？」

「あー……体温調整がうまくできないだけ」

そっか、そうなんだ。体質とか……かな。

「なんならずっとこうしてたいけど」

「っ、それはわたしがもたなくなりそう……です」

今だってずっとギュッってされて、平常心を保つのがとっても大変。

そんなことを知らない伽耶くんは、マイペース全開でまだ眠そうにしてる。

このままだと時間はどんどん過ぎていくので、ここは心を鬼にしなければ。

「そろそろ起きないとです」

「………」

むくっと顔をあげて、上目遣いでわたしを見てくる。普段の伽耶くんとは違う、少しゆるっとした表情。こういう一面を見ることができるのは、ほんの少しうれしかったり。

「……んじゃ、こうする」

「へ……っ」

突然こちらに倒れてきて、わたしの太ももの上に頭を乗せてきた。

え、あっ……えっ？　こ、これはわたしどうしたらいいの？　わかりやすく身体がピシッと固まるし、目線が自然と上を向く。

「なぁ、心寧」

「な、なんでしょう」

「なんでそんな不自然に上見てんの？」

「下向いたら伽耶くんがいるから、です」

わたしのことなんか気にせず、じっとしてくれたらいいのに。どうやら伽耶くんはこれが気に入らないようで。

「ひゃっ……」

伽耶くんの手が、わたしの太もものあたりに触れる。びっくりして、目線を下に落とすと、さっきまで眠そうにしていた伽耶くんはどこへやら。

「いちいち可愛い反応すんね」

肌を撫でる手つきがイジワルで……たぶんわざとこんなことしてる。

「もっといじめたくなんの、どうしようか」

「そ、それは困ります」

「んじゃ、あと少しこのままな」

朝から伽耶くんのペースに振り回されてばかり。

＊＊＊

夏休みに入り、今日から泊まりで伽耶くんの家が所有する別荘に行くことになった。毎年アメール三人で行ってるみたいなんだけど。

「あの、ほんとにわたしも一緒でよかったんでしょうか？」

「いいに決まってるだろ！　つーか、心寧がいねーの寂しいじゃん？」

「でも、アメールのみんな水入らずの時間が……」

「僕らも毎年同じメンバーだと飽《あ》きたりするからね。それに、伽耶だって心寧ちゃんも一緒がいいでしょ？」

「薫と一嘉は来なくていい」

「ははっ、心寧ちゃんを独り占めしたいんだ？」

「お前らの目に晒《さら》したくない」

「まあまあ、お前らケンカすんなって！　とりあえず荷物片づけてから海行こうぜ！」

いったん各自部屋で荷物を整理して、水着に着替えてから四人で海に行くことに。

この日のために、新しく水着を買ったんだけど……。

「や、やっぱりちょっと派手かな」

ピンクのギンガムチェック柄のビキニで、下はスカートタイプにした。背中に大きなリボンがあって、店員さんが後ろ姿まで可愛く見えますよって、おすすめしてくれた。

でもやっぱり、スタイルに自信あるわけじゃないし……結局、一緒に買った真っ白のラッシュガードを羽織《はお》って、首元までファスナーをしっかり上げた。

「お待たせしてすみません」

アメールのみんなはもうすでに着替えていて、わたしがいちばん最後だった。

「ポニーテールにしたんだ？　心寧ちゃんに似合ってるよ。可愛いね」

「暑いかなと思って」

「よっし、じゃあ全員揃ったし海行くか！」

別荘から海まで歩いて数分。夏休みシーズンっていうのもあって、人の数が結構すごい。それに、ここでもアメール三人は常にみんなの視線を集めてる。

「ねぇ、あのイケメンたちなに⁉」

「芸能人とか⁉　撮影でもしてるのかな⁉」

「えー、声かけたーい！　連絡先とか交換できたらラッキーじゃない⁉」

やっぱり三人ともすごく目立ってる。

すれ違う子はみんな必ずと言っていいほど二度見するし、周りにいる女の子たちの視線はアメール三人に釘付け。

神葉くんは無愛想な表情で、周りの声にまったく反応せず。

畔上くんは声をかけられたら笑顔で手を振ってる。

朱雀くんは持ち前の明るさとコミュ力を発揮してる。

それにしても、女の子たちみんなスタイルいい子ばかりだなぁ……。

これはラッシュガードは脱がずに、日陰でおとなしくしてるほうがいいかも。

朱雀くんがパラソルを借りてきてくれて、わたしはそこから海を眺《なが》めるだけ……のはずだったんだけど。

「おーい、心寧！　そんなとこで何してんだ？」

「せっかくだし僕らと泳がない？」

「や、えっと……わたしはここにいるので、みんなで楽しんできてください」

「つーかそれ、羽織ってんの暑くね⁉　脱いだほうがいいだろ！」

ラッシュガードのファスナーに、朱雀くんの指が触れようとした瞬間。

「……おい一嘉。それ以上心寧に触んな」

「げっ、伽耶！　顔怖いぞ！」

「……触んなって言ったの聞こえた？」

「ちゃんと距離取っただろ！」

両手をあげて、参ったって顔をしてる朱雀くん。

「薫と一嘉は心寧に近づくの禁止」

……なんて言いながら、伽耶くんがわたしの肩を抱き寄せた。

ち、近い……。ただでさえ暑いのに、今のでまた体温が上がった気がする。

それに、顔も赤くなってるだろうから。

「の、飲み物買ってきます……！」

伽耶くんから逃げるように、慌ててその場を離れた。

あんなに密着して触れられるの、やっぱり耐えられない。

両頬に手をあてて、熱が引いていくようにパタパタあおいでいると。

「ねーね、そこのキミ！　今ひとりなのー？」

「友だちと一緒～？　はぐれちゃったとか？」

「ひとりだと退屈じゃない？　俺らと遊ぼーよ！」

わたしを囲むように、男の子たちが声をかけてきた。

どうしよう。こういうのはきちんと断らなきゃいけない……よね。

「えっと……人を待たせてるので」

「えー、誰もいないじゃん？　それで俺たちから逃げようって魂胆《こんたん》でしょ？」

手をつかんできて、もうひとりの男の子は肩に腕を回してきた。

「こ、こういうの困ります」

「いいじゃん、俺らと楽しく遊ぼうよ」

手を振り払おうとしたけど、力じゃ敵《かな》わなくて。

身体に触れられると、怖くて熱が一気に引いていく感覚。

「あの、ほんとにこういうの迷惑――」

もう一度はっきり断ろうとしたときだった。

「……おい。その汚い手離せ」

「僕らの可愛い心寧ちゃんに何してるのかな？」

「その手さっさと離したほうが身のためだからな！」

聞き慣れた三人の声がして振り返った。伽耶くんも畔上くんも朱雀くんも、ここまで追いかけてきてくれたんだ。

「離せって言ってんの聞こえねーの？」

わたしの肩に触れてる男の子の手を、ものすごい力でつかんでるのがわかる。

「伽耶ってば、落ち着きなよ。相手にケガでもさせたら問題になるかもしれないよ」

「…………」

無言で相手を睨みつけてる伽耶くん。アメール三人のオーラに驚いたのか、声をかけてきた男の子たちは、気まずそうに足早に去っていった。

「えっと、三人とも助けてくれてありがとうございました」

「心寧ちゃんはもっと自分の可愛さ自覚しようね？」

「だな！　お前ひとりにするの心配だわ！」

すると、ふたりから遠ざけるように伽耶くんがわたしの手を引いた。

「……ほんと無防備すぎ」

そう言って、人気《ひとけ》のない場所へ連れて行かれた。

「男に対して警戒心なさすぎだろ」

片手で簡単にわたしの両手をつかんだ。伽耶くんの空いてるほうの手が、ラッシュガードに触れて……少しずつファスナーが下に降りていく。

「つーか、なんでこんな大胆なの着てんの」

「店員さんにおすすめされて。でも、似合ってない……ですよね」

「心寧さ、なんで自分のことは鈍感なわけ？」

「ど、鈍感ですか？」

「俺以外の男に見せて愉しい？」

「そういうつもりはなくて……ひゃっ」

鎖骨《さこつ》のあたりを指でなぞられて、首筋にキスが落ちてきた。

肌を吸いあげるように、何度もチュッと音を立てて……甘噛みされてる。

「それ隠すなよ。男除けだから」

何したのか気になるけど、自分じゃ首元は見えないし。

今のだけで、身体が熱く感じる。このまま海に入って冷やしたくなるほど。

「あの、伽耶くんは海入らないんですか？」

「心寧はどうすんの」

「えっと、わたしは日陰で待ってます」

「はぁ……」

えっ、なんでため息？　何か変なこと言ったかな。

「さっきのこともう忘れたわけ？　また男に絡まれたらどうすんの」

はっ、心配してくれてるんだ。

せっかくの海だし、伽耶くんたちは満喫《まんきつ》したいだろうから。

「それじゃあ、わたしだけでも別荘に戻って──」

「だから、なんで自分だけ我慢しようとするわけ」

「えぇっと……」

「んじゃ、俺に付き合うってことで。ちゃんとつかまっとけよ」

羽織ってるラッシュガードを脱がされた。それに、伽耶くんがひょいっと軽々しくわたしを抱きあげた。

「他の男の視界に映す気ないから」

うるさい心臓の音が伝わるかもしれない。でも、こんなこと言われたら、ドキドキを抑えることなんかできるわけない。


海のほうへ戻ると、畔上くんと朱雀くんがわたしたちに気づいた。

「あー、伽耶お前ずるいぞ！　ひとりで心寧を独占するな！」

「ちょっとは僕らに譲ってほしいよね」

「心寧は俺のなんだよ。お前らには見せてやらない」

ふたりをスルーして、わたしを抱っこしたまま海の中へ。思ったより冷たくて、身体をピクッとさせると、伽耶くんは少し心配そうな顔をする。

「冷たいのにびっくりしちゃって」

こ、こんなに深い場所だと足つかないかも。伽耶くんはまだ余裕そうだけど。

不安から、伽耶くんの首に回してる腕に力が入ってしまう。

「あの、今さらなんですけど、重くない……ですか？」

「気になる？」

「だって……ひぁっ」

急にお腹に伽耶くんの手が触れたから、変な声が出てしまった。

「なぁ、この背中のリボンほどいたらどうなんの？」

「それはぜったいダメです！」

「へー、俺に命令するんだ」

「あっ、や……これは、おねがいです！」

だって、このリボンほどかれたら――。

「……試してみる？」

「やっ、ほんとにダメ……っ！」

思わずギュッと伽耶くんに抱きついてしまった。

「俺以外の男に見せるわけないって、わかんねーの？」

「だ、だって、うぅ……」

「そういう可愛い反応するなよ」

そんな簡単に〝可愛い〟なんて言わないでほしい。伽耶くんにとっては、何気ないひと言でも、わたしをドキドキさせるには充分すぎるくらいだから。

「俺の前だけにしろよ。こんな格好見せんの」

素肌が直接触れ合う感覚が、さらにドキドキを加速させる。

いつもと違って、肌が密着するだけでこんなに近くに感じるなんて。

「伽耶くんだけ……です」

「あー……今のはお前が悪い」

「へ……っ、んん」

周りからうまく隠すように、唇にキスが落ちてきた。

びっくりして目をぱちくりしてると、もっと深く求めるように唇を押し付けてくる。

「だ、誰かに見られちゃいます」

「誰も見てねーよ」

素肌が触れ合うだけで、キスがいつもと違うように感じるのはどうして……?

＊　＊　＊

あれから海を満喫して、四人で別荘へ戻ってきた。

夜ごはんはケータリングサービスを利用して、ゆっくり過ごすことができた。

ここの別荘は部屋数がとても多いので、ひとりずつ部屋が用意されている。

時刻は夜の十時を過ぎたころ。今ちょうどお風呂から出て、自分の部屋へ戻るところだった。

明日何時に起きようかな……そんなことを考えていたら、いきなり左側の部屋の扉が開いた。誰か出てきたのかと思ったら、急に手をつかまれて部屋の中へ。

一瞬のことすぎて、何が起きたのか理解できないまま。

ゆっくり目線を上に向けると、そこにいたのは――。

「やっと心寧ちゃんとゆっくり話せるね」

わたしを逃がさないように、壁に手をついてにこっと笑っている畔上くんだった。

それに、いま鍵をかけた音がした。目の前にいるのは、いつもの畔上くんのはずなのに……なぜか危ない予感がする。

「伽耶ともこうしてふたりで夜会ってるんでしょ？」

「あ、畔上く――ひゃっ」

「これ伽耶につけられたの？　わかりやすいなぁ。これ僕がうわがきしたらどうなるかな」

首筋から鎖骨にかけて、指を滑らせながら耳元でそっとささやいてくる。

「そんな可愛い反応しちゃうんだ？」

「ま、まってください。こういうのはダメ、です」

迫ってくる畔上くんを押し返す。

いつもの感じで、からかってるだけかと思った。

だから、すんなり引いてくれると思ったのに。

「伽耶だけずるいよ。僕だって心寧ちゃんに触れたいのに」

「やっ、ほんとにまって……」

ほんの少しの隙を見て、わたしの首筋に顔を埋めて……軽く舌を這《は》わせた。

「ははっ……甘くてたまらないなぁ」

「畔上、くん……」

「やっぱり僕の思った通りだよ」

艶っぽい甘くて危険な笑みを浮かべながら——。

「まさかこんなに甘いなんて。伽耶が手離したがらないのわかる気がするよ」

「やめて、ください……っ。こんなの嫌です」

抵抗しても、呆気なく壁に手を押さえつけられる。こんなの、伽耶くん以外の男の子にされたくない。

「伽耶にしか許したくないんだ？」

コクッとうなずくと。

「それってどうして？　心寧ちゃんが伽耶を好きだから？　それとも、本能的に伽耶を求めてるとか」

〝本能的〟……これはたぶん、わたしの中にある、ケーキとしての本能のこと。

畔上くんは、ほぼ確信してるんだ——わたしがケーキだということを。

「もし本能が求めてるだけなら、それは伽耶じゃなくても、僕だっていいんじゃない？」

つまり、フォークなら誰でもいいんじゃないかってこと。

「伽耶がどうして心寧ちゃんを特別に構うのか知りたい？」

「…………」

「心寧ちゃんが僕らにとって、最高のケーキだからだよ」

また現実を突きつけられた。伽耶くんがわたしをそばに置いてるのも、甘く触れてくるのも……ぜんぶフォークとしての欲求がそうさせてるだけで……わたしに何か特別な感情があるわけじゃないってこと。

「あれ、意外とあっさりした反応だ？」

「少し前に朱雀くんにも同じこと言われた……ので」

「へぇ、一嘉も気づいたんだ。伽耶も気づいてるだろうけど、直接言われたことある？」

るはず。

伽耶くんはきっと今もまだ、わたしがケーキだってことを自覚してないと思って

「ない……です」

「そっか。僕もね、薄々気づいてたんだよ。心寧ちゃんがケーキだってことに」

「い、いつから……ですか」

「んー……確信に変わったのは、心寧ちゃんが薬を飲まされて襲われかけたときかな。あの薬、ケーキの身体をさらに甘くする成分が含まれてたんだよ」

つまり、わたしを襲ったあの男の子は、フォークだったたってこと……？

「まさか僕ら以外の人間が、心寧ちゃんがケーキであることを見抜くなんてね。びっくりだよ」

畔上くんの吐息が、首筋にフッとかかる。伽耶くんだったら、これだけで胸がギュッてなって、落ち着いてなんかいられない。

「僕がこのまま心寧ちゃんの甘さを求めたらどうする？」

「ダメです……ぜったいダメ」

フォークだったら誰でもいい……ケーキとしての本能が求めているのかもしれな

いと思っていた。でも、今こうして畔上くんに迫られて気づいた。誰でもいいわけじゃない、伽耶くんにしか触れてほしくないって。

「じゃあ、時間をかけてゆっくり堕とすことにしようかな」

笑顔の裏に隠された――畔上くんの本音なんか、読めるわけもなかった。

苦い想い

いろいろあった夏休みが終わり、しばらくはいつも通りの毎日が続いた。

ある日の夜、アメール三人とわたし、リビングでそれぞれ好きなことをして過ごしていたとき。

「ねぇ、心寧ちゃん。今日このあと僕の部屋おいでよ」

畔上くんが、とんでもない爆弾を落としてきた。

い、今なんて？　わたしの聞き間違いじゃなければ——。

「……薫、お前なに考えてんの」

「僕が心寧ちゃんと何をしようが勝手でしょ？」

「いくらお前でも俺が認めない」

「えー、どうして？　それにさ、僕と心寧ちゃんがふたりっきりになるのはじめてじゃないよ」

「……は？」

「僕が別荘でね、心寧ちゃんを無理やり部屋に連れ込んだ」

笑顔の畔上くんと、目の奥がまったく笑っていない伽耶くん……一触即発《いっしょくそくはつ》の空気感だ。

「やっぱり冷静じゃいられない？　僕の好きにしちゃおうかなぁと思ったけど。まあ、未遂《みすい》に終わった感じかな」

「……何が言いたい」

「伽耶が心寧ちゃんにこだわる理由はさ――」

「煽るのいい加減にしろよ。お前俺のことどうしたいわけ」

「伽耶は心寧ちゃんを僕らに取られたくないんでしょ？」

「………………」

「けどそれって、自分の本能に素直になってるだけ――」

今まで見たことがないくらい、伽耶くんの目は鋭く畔上くんを睨んでいる。ひたすら険悪《けんあく》なムードが漂《ただよ》う。畔上くんもさすがにまずいと思ったのか、話すのをやめた。

そして、伽耶くんは無言でリビングを出ていった。

「おい薫ー。お前わざと伽耶を怒らすようなこと言っただろー」

「伽耶だけが心寧ちゃんを独占するからだよ」

「お前なぁ……」

「それにさ、僕結構本気だよ？」

「伽耶が心寧を手離さないって言ってもか？」

「それなら奪っちゃうとか」

「はぁ……お前ならやりかねないよな。頼むから、あんま荒らすようなことすんなよー？　伽耶は機嫌悪くなったら、誰も手に負《お》えねーんだから」

この日を境《さかい》に、伽耶くんの態度が少し変わったような気がした。

＊＊＊

翌朝――いつものように伽耶くんを起こしに来た。昨日のこともあって、若干気まずさを感じる。

「伽耶くん、起きてください」

「…………」

いつもみたいにすんなり起きないかと思いきや、数秒してゆっくりまぶたが開かれた。

「お、おはようです」

「……ん、おはよ」

挨拶は返してくれたけど、どこかそっけなく感じる。それに、全然わたしのほうを見てくれない。いつもと違うって一瞬で察した。けど、どうしたらいいかわからず、部屋を出ていこうとする伽耶くんの背中を見てると。

「昨日の夜……薫の部屋行った？」

伽耶くんがこちらを振り返った。相変わらず表情は変えないまま。

「行ってない、です」

「なんで？」

「なんでって……」

どうしてそんなこと聞いてくるの……？　なんて返すのが正解なのかわからない。

先の言葉が見つからず、黙り込むと伽耶くんがわたしの前に立った。

「薫にも一嘉にも……こういうこと許してんの？」

「ひゃ……」

低くて甘い声が鼓膜《こまく》を揺さぶって……首筋を少し噛まれた。

びっくりして、肩に力が入る。

「そんな誘うような声もアイツらに聞かせてんだ？」

いつもよりちょっと強引で……それすらドキッとする。

「伽耶くん……だけ」

「……ん？」

「わたしの特別は、伽耶くんだけ……」

ほぼ無意識に出てきた言葉にハッとした。伽耶くんの次の言葉を聞かずに、部屋を飛び出した。

これじゃ、ほぼ好きって伝えてるようなものかもしれない。

そもそも、わたしが伽耶くんを好きになったあの日から……この想いが届くことも叶うこともないと思っていた。でも、今こうして一緒の時間を過ごすことで、心のどこかでもしかしたら――って思った瞬間がなかったわけじゃない。
でも、ケーキとフォークの関係性を知って……また心の距離が遠くなったように感じて。ケーキだったら、別にわたし以外の子でもよかったのかもしれない……そんなことを考えたら、ただ苦しくて虚しさに襲われる。

＊　＊　＊

伽耶くんは今日授業に出席しなかった。放課後は朱雀くんが迎えに来てくれた。

「心寧！」

「……はっ、わわっ！」

「あぶねーな。また転んでケガしたらどうするんだよ」

「ご、ごめんなさい」

いけない、ぼうっとしてた。とっさに朱雀くんが支えてくれたおかげで、今回は転ばずにすんだ。

「心ここに在《あ》らずって感じだな。伽耶となんかあったのか？」

聞き方があまりに優しいから、目頭《めがしら》がじわっと熱くなる。

「泣くなよ。俺もどうしたらいいかわかんなくなるだろ」

「っ……、迷惑かけてごめんなさい」

「別に迷惑とは思ってねーよ。ただ、お前が落ち込んでるの見たら、どうにかしてやりたいって思うんだよ」

そっと涙を拭ってくれた。クリアになった視界に映る朱雀くんは、いつもと少し違って……真っすぐわたしを見てる。

「なんかお前の泣き顔ってずるいんだよな」

「……え？」

「なぐさめてやろーか？」

まぶたにキスを落とすように、わたしの瞳からこぼれた涙を軽く舐めた。その動きがまるでスローモーションみたいで……びっくりして思わず固まる。

「やっぱお前甘いな」

いたずらっぽく笑った朱雀くんが、何を考えてるかなんてわかるわけもなく。

「ちょっと来い」

手を引かれて、連れていかれたのは伽耶くんの部屋で。

勢いよく扉を開けて、朱雀くんがはっきり言った。

「おい、伽耶。お前が心寧のこと手離すなら、俺がもらっていいのか？」

え、えっ……？　朱雀くんいきなりどうしたの？　まさか、こんなこと言うとは思ってなかった。

「つーか、心寧のこと気にかけてんなら、泣かすようなことするなよ」

「…………」

「俺も心寧のこと気に入ったからいいよな？」

表情ひとつ変えない伽耶くんの気持ちは、やっぱり読めないまま——それぞれの想いが複雑に絡み始めた。

甘い嫉妬　～伽耶side～

「はぁ……」

自分でも驚くくらいため息が止まらない。部屋のベッドに倒れ込み、目を閉じてひたすら考えるのは心寧のことばかり。

今の自分の感情を表すなら、〝嫉妬〟——これが適してる。ここまで感情を揺さぶられたのは、心寧がはじめてだ。

俺はもともと他人に執着《しゅうちゃく》することなんかなかった。周りには見た目や立場、そんなものを気にして寄ってくるような女ばかりで、興味すらわかない。

それに、俺はフォークと呼ばれる人間であり味覚がない。ただし、ケーキの人間だけは、俺たちフォークにとってはすべてが甘く感じる。ケーキである人間は、大半が自覚がないといわれている。

フォークだということを黙っていれば、見た目は普通の人間と同じ。寄ってくる女の中には、ごくまれにケーキだろうなって女もいた。

フォークとしての本能が、ケーキを求めてもおかしくないはずだった。だけど、誰ひとりとして魅力《みりょく》を感じなかった。欲しいと本気で思ったのは、心寧だけ――。

こうして考え込んでも仕方ない。気をまぎらわすためリビングへ向かった。

「はぁ……こんなとこで何してんだよ」

ひとりソファで眠る心寧がいた。眠りが深いのか、俺が近づいても起きる気配はない。

無防備な寝顔さらして……危機感ないのかよ。

心寧の頬にそっと触れた。すると、ピクッと動いて、ゆっくりまぶたが開いた。

「伽耶……くん？」

あーあ……無警戒すぎて腹が立つ。薫や一嘉にも、こんな反応見せてるのかと思うと、嫉妬が抑えられない。

「なぁ、お前さ……俺のことどうしたいの」

「どう、したい……？」

独占欲、嫉妬心……ここまで他人に感情を露《あら》わにするとか俺らしくない。

ソファに両手をついて、心寧の上に覆いかぶさった。

「お前くらいだよ、俺をここまで乱せるの」

もっと壊したい、もっと溺れさせたい……潤《うる》んだ瞳が、俺の理性を簡単に狂わせる。

心寧だから、ここまで気持ちが高ぶる。他の女なんかどうでもいい、ずっと前から俺は……心寧しか見てない。

「俺以外にもこういうの許してんの？」

「伽耶くんだけ……です」

今でも思い出す――俺が心寧に惹かれた去年のあの日のこと。

まだ暑さが残っていた夏の夜――ふらっと外に出た俺は、体調を崩した。

その日はもともと体調がよくなかった。

誰かに連絡を取ろうにも、それどころじゃない。このまま意識が飛んで、地面に身体を打ちつけるかと本気で思った。人通りの少ない場所だったし、助けてくれるやつなんか誰もいない……そこに声をかけてきたのが心寧だった。

そのとき、俺を心配して助けようとしてくれる心寧の姿が印象に残って……気づいたら俺は、病院のベッドで翌朝を迎えていた。後日、担当医に話を聞くと、心寧が病院まで付き添ってくれたらしい。

このとき俺は、心寧がケーキだということには気づいていなかった。

ぼんやりした記憶をたどり、俺と同じ学園の制服だったことに気づき、すぐに調べて心寧の存在を知った。

——それからだ、なんとなく心寧が気になるようになったのは。

たまにクラスに顔を出すと、気づいたら心寧を目で追っていた。

たぶん、出会ったときから俺は自覚がなかっただけで……心寧の優しさに触れて、惹かれていたんだと思う。

クラスではかなり控えめで目立たないタイプ。頼まれると断れない……というより、自分の意思を押し殺して無理をしている……俺の目にはそう映った。

別の日、心寧がクラスメイトからの雑用を引き受けていたことがあった。同じ日の夕方、俺は偶然心寧がバイトしてる店に客として行った。そのとき、店の裏で心寧が必死に謝ってる姿を見かけた。相手はおそらくバイト先の人間。聞こえる範囲《はんい》で会話を拾うと、心寧がバイトの時間に間に合わず、遅刻したことを謝っていた。

クラスメイトからの雑用を引き受けなければ、間に合っていたはず。

言い訳せず、ひたすら謝ってる姿を見て思った。自分本位な考え方をするやつが多い中で、他人のために行動してる心寧が、他の人間とは違っていいなって。

そんな心寧だから、あの日――心寧の誕生日、車に轢《ひ》かれそうになったところを助けたし、話も聞いてあげたいと思った。はじめてここまで他人に感情が動いた瞬間だった。

それに、心寧の家庭環境はあまりいいものとはいえないみたいだ。

実家のことが話題になると、決まって暗い表情に変わる。

それに心寧は自分で言った――誰からも必要とされていない、家には居場所がないと。

そんな環境から救い出してやりたい……そう思って俺のそばに置くことを決めた。

ケーキだからじゃない……心寧だから、ここまで心が動いたんだ。

「伽耶くん、怒ってます……か?」

あー、しまった。昔を思い出しすぎた。組み敷かれた心寧は、不安そうな瞳で俺を見つめる。

「お前のせいだよ。どうしてくれんの」

ぜんぶ壊してやりたくなる……俺以外のことなんか考える余裕なくすくらい。

嫉妬にまみれた欲をぶつけるように、小さな唇を塞いだ。

「かや、く……んっ、まって……」

「お前がちゃんとわかるまで離してやらない」

肌も唇も涙も……心寧のすべてが甘い。

何もかもぜんぶもっていかれそうなくらい……ひたすら溺れる。

「ふ……っ、くるし……」

小さな手が、抵抗するように俺の胸を軽く叩く。

少し唇を離してやると、呼吸が苦しそうに乱れてるのがわかる。

その吐息すら……ぜんぶが俺にとっては甘い誘惑。

「唇は、ダメ……です」

「んじゃ、ほかのところにするからじっとしてろよ」

白くて細い首筋にキスを落とし、真っ赤に染めていく。どれだけ痕を残しても足りない。もっと俺でいっぱいになって……狂って俺しか求めないようになればいい。

「かや、く……ん」

俺を呼ぶその声も、俺を見つめるその瞳も……俺の理性を狂わせてるって……いい加減気づけよ。

「どこ舐めても甘すぎねんの」

刺激を与えると、華奢《きゃしゃ》な身体がビクッと震える。

「うっ……や」

こんな声、アイツら……薫と一嘉には死んでも聞かせてやらない。

あますことなく俺のものにしたい。

「声ちゃんと抑えろよ」

「っ、伽耶くんが……甘いのするから、できない……です」

「……俺のせいにするんだ？」

「だ、だって……んんっ」

「じゃあ、俺がずっと塞いでやるよ」

感触を強く押し付けるように、さらに深く心寧を求め続けた。

心寧から漏れる甘い声が、冷静な思考も理性も奪っていく。

ぜんぶ俺が独占したくてたまらない――他のやつになんかぜったい渡さない。

苦い静寂

時刻は夜の九時を過ぎたころ。いつもだったら、この時間はお風呂に入ってゆっくりしてるはず……なんだけど。

「それじゃあ、今からルール説明するので聞いてくださーい！」

学園のホールに集められ、なんと今から肝試《きもだめ》しをやるらしい。

もう本格的な夏は終わって九月なのに、なんで今の時期なんだろう?

生徒会が学年の親睦《しんぼく》をさらに深めるという名目《めいもく》で、夜の校内で肝試しが行われることになった。ちょっと時期がずれてる気がするけど、周りの子はみんなとても楽しそうにしてる。その理由は、男女のペアで校内を回るから。

「蜜澤さん、不安そうだけど大丈夫？」

「あっ、倉木くん。じつは、わたし暗いところが苦手で」

「俺が一緒だったら守ってあげられたんだけどな。ペアはくじ引きだもんね」

そう、本来はくじ引きで決まるはずなんだけど、ひとつだけ特別なルールが……。

「アメールの三人って参加するのかな⁉」

「えー、もし参加するならペアに選ばれたーい‼」

アメール三人だけ、特別にペアを指名できるそう。だから、女の子たちの気合いの入り方がいつもよりすごい。

「きゃー、畔上くんこっち来てる‼　誰選ぶのかな⁉」

相変わらず人気だなぁ……。わたしは人混みにまぎれて、その様子を少し離れたところから見ていたんだけど……一瞬、畔上くんと目が合った。

笑顔で女の子たちをかわして、どんどんこちらに近づいてきてる。

「心寧ちゃん、やっと見つけた。探したよ」

周りのざわめきが、ひと際大きくなった。畔上くんは、そんなの何も気にせず、さらにわたしとの距離を詰めてくる。

「まってまって、どうして逃げるの？」

「いや、えっと、畔上くんすごく注目されてるので、その……」

「僕のペアは心寧ちゃんがいいな」

「な、なんでですか⁉　畔上くんとペアになりたい子は他にもたくさん——」

「僕が選んだのは心寧ちゃんだよ。他の子はどうでもいいかな」

ど、どうしよう。周りの子たちは、なんでわたしなのかって思ってそう。

「え、なんで蜜澤さんなの？　ってか、あの子アメールの何？」

「前に神葉くんともいい感じだったよね？　なんであの子ばっかり？」

あぁ、周りからの視線が痛い……。これ以上、騒がしくなるのは避けたかったのに。

「おい、心寧！　お前どこ行ってたんだよ！」

「え、えっ？」

まさかの朱雀くんまで参戦。

「ずっと探してたんだからな！　ペアお前がいいから指名しに来た」

「ダメだよ。心寧ちゃんのペアは僕だから」

「はぁ⁉　それ抜け駆けじゃねーか！」

「一嘉が誘いに来るの遅いからだよ。心寧ちゃんは渡さないからね」

ううう、このままどこかに隠れたい……。というか、ふたりは周りの目とか気にならないのかな。

「なんだよー、心寧が一緒じゃねーなら俺不参加にするわ」

「一嘉にしてはずいぶん諦《あきら》めがいいね」

「お前が譲る気ねーのわかってるからな。他の女と回っても楽しくねーし」

――で、結局朱雀くんは参加せず、ホールに残ることに。伽耶くんは、こういう行事は参加しないってアメールふたりから聞いた。

肝試しのルール説明が終わり、一組ずつ間隔《かんかく》をあけてスタートしていく。

保健室、図書室、音楽室……それぞれの部屋に置いてあるカプセルを三つ集めて、ホールに戻ってきたらゴール。

「あ、あの畔上くん。明かりなんですけど、わたしが持ってもいいですか？」

「あぁ、いいよ。もしかして、心寧ちゃん暗いの苦手だ？」

「そ、そうです。なるべく早くゴールしたいです」

生徒会主催のイベントだから、そんなにクオリティ高くないって畔上くんは言ったけど……。

いきなりバンッと大きな音がしたと思ったら、お化け役の人が飛び出てきて、追いかけてくるのがもう怖すぎて。

まだ序盤《じょばん》だっていうのに、もうすでにリタイアしたい……。

「心寧ちゃん大丈夫？　怖かったら僕に抱きついてもいいんだよ？」

「だ、大丈夫です、遠慮しておきます」

「じゃあ、手つなぐ？　あっ、それか僕の腕にしがみついてもいいよ？」

「だ、だいじょ――きゃっ!!」

またしても大きな音にびっくりして、心臓がひゅんってなる。

そのあともいろんな仕掛けにおびえながら、なんとかクリアしてようやく最後の音楽室へ。

扉を開けると、部屋のど真ん中にパソコンが一台あって、真っ黒の画面に白の文字で十秒のカウントがスタート。

「え、えっ？」

まって、まって。これなんのカウント？

「へぇ、凝《こ》った仕組みだね」

「な、なんでそんな冷静なんですか……!?」

興味津々にパソコンに近づいてるし、気づいたらカウントがゼロになってる。

何か起こるかもって身構えていたら、画面は真っ暗のまま何も起こらず。

安心して後ろを振り返った瞬間、正面のスクリーンに黒い髪の女の人の画像がバッと映った。

「きゃぁ……!!」

驚いた拍子《ひょうし》に、手に持っていた明かりを落とすし、足が絡んで思いっきりしりもちをついちゃう始末……。もう踏んだり蹴ったりだ……。

「心寧ちゃん大丈夫⁉」

「うっ、ごめんなさい。びっくりして転んじゃって」

「ケガしてない？」

「だ、大丈夫――あれ……？」

立とうとしたら、脚にまったく力が入らない。

「もしかして、腰抜けちゃった？」

「そ、そうかもです」

すると、畔上くんがふわっとわたしを抱きあげた。

「とりあえず、ここから出ようか。落ち着ける場所に移動しよう」

「え、あっ……」

「これは不可抗力《ふかこうりょく》だよ。じっとしてないと落としちゃうからね」

そ、そう言われても。自然と身体に力が入ってしまう。

「もっと僕にぜんぶあずけてくれたらいいのに」

「……え？」

「ほら、ここ座って。心寧ちゃんが落ち着いたらゴール目指そっか」

階段の上にそっとおろされた。隣に座った畔上くんとは肩が触れ合う距離で、なんだか落ち着かない。

「泣くほど怖かった？　まだ涙が残ってる」

ゆっくり近づいて……ほんとに軽く、頬に畔上くんの唇が触れた。

「涙までこんなに甘いんだね」

「……ストップして、ください」

「伽耶はいいのに、僕はダメなの？　どうやったら僕だけを見てくれるのかな」

瞳に映る畔上くんの表情は、いつになく真剣で。

「いま心寧ちゃんのそばにいるのは僕だよ。伽耶じゃない」

「こうやって触れるのは、伽耶くんだけがいい……です」

「僕が無理やり迫ることもできるのに？」

「畔上くんは、わたしにそんなことできないと思います」

これは、一緒に過ごしてきたからわかること。

畔上くんは少し驚いた顔をして。

「ははっ、そんな真っすぐな瞳で言われたら何もできないよ。僕のこと信用しすぎじゃない？」

「アメールの三人は、わたしにとって悪い人じゃないので」

「ずるいなぁ……。そんなこと言われたら、心寧ちゃんのこと諦めるの難しくなるじゃん」

「…………」

「伽耶のこと好きなんだよね？」

とっさに目線が下に落ちた。わかりやすく表情に出ると思ったから。

「伽耶が心寧ちゃんをそばに置いてる理由が、ケーキだからってわかってても？」

「っ……、わたしが伽耶くんを好きな気持ちは、ずっと前からあって。だけど、今の関係性を知ってから、どうしたらいいのかわからなくて」

ほんとは、もうわかってる。ほんの少し前までは、伽耶くんへの気持ちが本能で求めてるだけかもしれないって、自分の中で迷いがあった。フォークなら誰でもいいのかもって……でも、それは違った。やっぱり、わたしは伽耶くんが好きで、この気持ちはちゃんと本物でたしかなもの。

ただ、伽耶くんがわたしを求める理由がケーキだからっていう事実を認めたくなくて……わからないを言い訳に逃げてるだけ。

「どうしたって伽耶のことばかり考えちゃうんだね」

その先の言葉が、何も出てこなかった。

＊＊＊

あれから結局、沈黙が続き……なんとかゴールできたんだけれど。

「心寧どうした⁉ 大丈夫か⁉ つーか、なんで薫におんぶされてんだよ！」

朱雀くんがギョッとこっちを見て、慌ててこちらに駆け寄ってきた。

「ちょっとびっくりして、腰が抜けてしまって」

我ながらほんとに情けないというか。

「つーか、薫に何もされてねーか⁉」

「人聞きの悪いこと言わないでほしいね。僕だってそこまでひどい男じゃないよ」

「お前の言うことは信用ならねーよ！　つーか、俺と代われ！」

「ダメだよ。このまま僕が寮に連れて帰るから」

「あっ、おい！　また抜け駆けしようとするな！」

周りも騒がしくなって、注目も集まってきたので早く帰りたい……。


ゴールしたことを生徒会に報告して、やっと寮に帰って来られた。

まだ心配だからって、わたしは畔上くんにおんぶされたまま。もうひとりで歩けるから大丈夫なんだけどな……。

「お前ぜったい心寧のこと離す気ねーよな？」

「だって、一嘉が触れるのは許せないし？」

「心寧はお前のものじゃねーだろ！　つーか、俺が部屋まで運ぶから代われよ！」

「やだね。僕がこのまま運ぶから、一嘉は引っ込んでなよ」

「お前のほうこそ引っ込んでろ！」

このままだとケンカになる……かも。仲裁《ちゅうさい》に入ろうとしたら、急にふたりが黙り込んだ。

「……お前ら何してんの」

伽耶くん……だ。思わず隠れるように、畔上くんの背中に顔を埋めた。

ここ最近、伽耶くんにどう接したらいいかわからず、なんとなく避けていたから少し気まずい。

「心寧ちゃん少し体調悪いんだ。このまま僕が部屋に運ぶから」

「………」

「伽耶に止める権利ないよ。それに、伽耶だけじゃないからね……心寧ちゃんを特別に想ってるのは」

伽耶くんはいま何を考えて、どんな表情をしてる……？

ますます伽耶くんの気持ちが読めない。

甘い告白

相変わらず、伽耶くんとは少し気まずいまま。

今も伽耶くんを起こすために、部屋に来たのはいいけど……。

距離感がいまいちわからなくて、それが態度にも出てしまう。

「伽耶くん。朝です、起きてください」

やっぱり声をかけるだけじゃダメかな。朝が弱い伽耶くんは、いつもこれくらいだと起きてくれない。それに、やっぱり体温調整がうまくいっていないのか、布団にくるまってる。

もう一度、声をかけながら軽く身体を揺すってみた。

「……ん」

形のいい唇から漏れる声。伽耶くんの寝顔は、いつ見ても整ってる。

思わず見惚れてしまうほど——って、今はそうじゃなくて。

「心寧」

「あっ、おはようございます」

じっとわたしを見てるけど……もしかして寝ぼけてる？

どうしたらいいかわからなくて、思わず目をそらした。

「わたし急いでるので、先に行きます……ね」

「……ひとりで行動するなって言っただろ」

いまだにわたしを心配して、単独行動をあまりよく思っていない。学園内でも、なるべくアメールの誰かと一緒に行動するように言われている。

「畔上くんと朱雀くんが一緒に行ってくれる……ので」

結局、目を合わせられないまま部屋を出てしまった。

伽耶くんは今日授業出るのかな。最近また前みたいにクラスに来ないことが多くなってきたから。

朝のホームルームが終わってから、伽耶くんがクラスに来た。それから午前の授業が終わり、迎えたお昼休み。

いつもはテラスで一緒にお昼を食べているけど……。今日は場所を変えて、ひとり屋上で食べることにしたので、伽耶くんにはメッセージを送っておいた。

＊　＊　＊

こんな毎日が続き、伽耶くんとは少し距離ができたまま十月に入った。

今日に限って放課後一緒に帰るのは伽耶くんだ。

なんとなく気まずい空気が流れて、寮までわたしも伽耶くんも無言。

目もうまく合わせられなくて、逃げるように自分の部屋へ入ろうとしたら――。

「なぁ……俺のこと避けてる？」

真後ろから壁に手をついて、わたしの身体を覆う。

そっけない態度だったり、急にこんな距離を縮《ちぢ》めてきたり。

……期待させないでほしい。伽耶くんが何を考えてるのかわからなくて、いちいち胸が苦しくなって感情が忙しくなる。

今までずっと抑えていたものが、ぜんぶあふれてきそう。

「心寧」

「っ……」

もともと密《ひそ》かに想いを寄せるだけの恋だったのが……いつしかそばにいるうちに、欲張りな気持ちばかりが出てくる。

きっと、この気持ちは消せない。だったら、いっそのこと思ってることぜんぶ言ってしまえば——。

「伽耶くんの気持ち、わからないままなのはつらい……です」

たぶんもう、うまく止められない。

「伽耶くんがわたしを求めるのは……伽耶くんがフォークで、わたしがケーキだから……ですよね」

ほんの少し、どこかで期待していた。もしかしたら、伽耶くんは〝わたしだから〟求めてくれるんじゃないかって。でも、やっぱりそれは、ただの期待にしかすぎなくて。

「こんなふうにされたら、勘違いしちゃうからダメ……です。それに、わたしはずっと、ずっと前から伽耶くんのことが好き——」

あっ……どうしよう。思わず口からこぼれてしまった〝好き〟って二文字。

この想いは、伝えないはずだったのに。

「心寧──」

伽耶くんの言葉を聞かずに、寮を飛び出した。

あぁ、もうなんで……っ。気づいたら視界が涙でいっぱい。

こんな状態で誰にも会いたくないのに。

「蜜澤さん？」

偶然にも倉木くんと鉢合わせた。泣いてるわたしを見て、とても心配そうな顔をしてる。

「どうしたの、何かあった？」

「っ、何も……ないよ」

「俺でよければ話聞くから、どこか落ち着いた場所で話そう」

倉木くんに手を引かれて、学園内の中庭へ。手はつながれたまま、ベンチに腰を下ろした。

「ゆっくりでいいから、俺に話してくれないかな。蜜澤さんが泣いてるのに、放っておけないよ」

　ほんとは誰にも打ち明けるつもりなんてなかった。でも今はどうしても、自分の中でぜんぶを消化することができなくて……。

「倉木くんは、ケーキとフォークの関係って知ってる……？」

「聞いたことあるよ。それがどうかした？」

「じつは、わたしケーキで……」

「え……どうしてそれに気づいたの？　たしかケーキって、ほとんど自覚がないって聞いたことあるけど。まさか、アメールのやつらが関わってる？」

「……どうして、それを」

「俺知ってるよ。アイツらが全員フォークだってこと」

　アメール三人は、フォークであることを周りに隠してる……はず。なのに、どうして倉木くんが知ってるの……？　三人と接点もほとんどないはずなのに。

「俺の父さんがさ、神葉の父親が経営してる会社の下請《したう》けとして働いてるんだ。その関係で、神葉とは付き合いがあるんだ」

　そう……だったんだ。でも、ふたりとも教室ではあまり話してる様子はないし、お世辞にも仲が良さそうには見えなかったけど……。

「でもまさか、蜜澤さんがケーキだったなんて……心配だな。だからアイツら急に蜜澤さんに絡むようになったのか。いいように利用されてない？」

「じつは、今わたしアメールの三人がいる寮に、お世話係として住んでるの」

「……え、そうなの？　アイツらに弱み握られたとか？　やっぱり脅されたり、ひどいことされてるんじゃ――」

「ううん、そんなことはないよ」

「じゃあ、どうしてさっき泣いてたの？」

「今わたしが伽耶くんのそばにいられるのは、わたしがケーキだからで……。そう考えたら、苦しくて……」

こんなのほぼ、伽耶くんのこと好きって言ってるようなもの。

「だったら、そんなやつ好きになるのやめたらいいよ。蜜澤さんがケーキだとしても、相手がフォークじゃなければ、普通に愛し合えるんじゃない？」

倉木くんの手が、そっとわたしの頬に触れた。

「……たとえば俺とか。俺なら蜜澤さんにそんな顔させない。……ずっと好きだったんだ、蜜澤さんのこと」

「えっ……」

「気になってたけど、なかなか伝えられなくて。けど、伝えるなら今しかないと思ったんだ」

なんの関係性も気にせず……倉木くんを好きになれば、こんな悩むこともないのかな。でも、どうしたってやっぱり伽耶くんを好きな気持ちは消えない。

だから——。

「あんなろくでもないやつなんか、諦めたほうが蜜澤さんにとって幸せだよ」

いつも温厚《おんこう》な倉木くんらしくない。人のことを悪く言うなんて。

「アイツらは周りにチヤホヤされて調子乗ってるんだよ。権力ばかり振りかざしてるだけのくせに。アイツらにいいところなんかひとつもないよ。蜜澤さんも早く離れたほうがいい」

「伽耶くんたちは、そんな悪い人たちじゃないよ」

「そっか。アイツらにそうやって言わされてるんだね。大丈夫だよ、俺はわかってるから。本当はアメールのやつらから離れたいんだよね？」

「な、何言ってるの倉木く……」

「蜜澤さんを幸せにできるのは俺だけなんだよ！　アイツらなんかに渡さない。いい加減、目を覚ますんだよ蜜澤さん！」

声を荒らげて、強引なのがすごく怖い。

逃げなきゃと思うのに、恐怖からうまく声も出ないし、身体にも力が入らない。

「こんなの、いや……っ。伽耶くんしか触れてほしくない……っ」

倉木くんを押し返した瞬間——人が殴られたような鈍い音が聞こえた。

えっ……いま何が起こったの……？

さっきまでわたしに迫っていた倉木くんが、地面に倒れて動けなくなってる。

「なんで、お前が……っ」

「……まだ喋れる余裕あんの？　つーか、お前……心寧に何しようとしたかわかってる？」

苦しそうな声で話す倉木くんを見下ろす、伽耶くんの姿が映った。

「どうせ蜜澤さんがケーキだから近づいてるんだろ!?　お前がフォークだってことも知ってるんだからな！」

「そんな理由とか思ってんだ？　ってか、部外者のお前に何がわかる？」

またさらに鈍い音が聞こえて、倉木くんから苦しそうな声が漏れる。

「お前の存在ごと消してやろーか」

「くっ……卑怯《ひきょう》だぞ！　俺はお前のそういうところが嫌いなんだよ……!!」

「別に俺のことは嫌ってくれて構わないけど。心寧に手出そうとして泣かせたのは許せねーな」

地面に倒れた倉木くんの胸ぐらをつかんで、ふたたび拳を振りかざしたときだった。

「はいはい、もうストップ。伽耶ってば、力加減ちゃんとわかってる？　相手のこと殺しちゃダメだよ？」

「薫、お前さらっと怖いこと言うなよ！」

畔上くんと朱雀くんだ。

「キミも、それ以上伽耶を怒らせるとケガだけじゃすまないよ？　伽耶に歯向かうようなことしたら、キミの家族も生活も危なくなっちゃうかもよ」

「伽耶の機嫌を損ねたのが運の尽きだなー。とりあえず伽耶もいったん落ち着けよ」

「そうだね。心寧ちゃんが怖がっちゃうよ？」

倉木くんの胸ぐらをつかんでいた手を離して、わたしのところへ。

力強く抱きしめてくれるから、安心して涙が出てくる。

「かや、くん……っ」

伽耶くんの腕の中は、いつもあたたかい。わたしはやっぱり、このぬくもりがだいすきなんだ……。

「……アイツになんもされてない？」

コクッとうなずく。

「俺がどれだけ心配したかわかってる？」

胸がぎゅうっと苦しくなる。こんなふうにされたら嫌いになれない。

何度も思い知らされる……やっぱり伽耶くんが好きなんだって。

「心寧ちゃんは伽耶じゃなきゃダメなんだね。僕にはそんな顔見せたことなかったし」

「今回は伽耶に軍配が上がったな」

「……薫、一嘉。あとの処分は任せる」

「はいはい。ふたりでちゃんと話しておいで。心寧ちゃん、伽耶に嫌気《いやけ》さしたら僕のところおいで。いつでも可愛がってあげるから」

「だな！　伽耶が嫌になったらいつでも俺のところ来いよ！」

もういろいろ考えるのなんかやめて、今の想いをきちんと伽耶くんに伝えたい。

＊　＊　＊

伽耶くんの部屋に入った途端に、抱きしめられた。

「なぁ……俺のことどう思ってんの」

「どうって……」

「今度はもう逃がさねーから」

ちゃんと、ぜんぶ言わなくちゃ……。

「わたしは……っ、ずっと前から……伽耶くんが好き、です」

「……」

「ただひたすら想い続けるだけで、叶わなくてもいいと思って……。でも、こんなふうにそばにいたら、好きな気持ちが消えるどころか大きくなるばかりで……っ」

「俺もお前と同じ気持ち」

まって、それってどういうこと？　わたしは伽耶くんが好きで……伽耶くんも同じ気持ちでいてくれてるってこと……？

「もともと心寧のこと気になってた。だから、あの日の夜——お前が車に轢かれそうになったところを助けたんだよ」

誕生日の夜のこと……覚えてくれていたの……？

「ってか、はじめて出会ったときは心寧がケーキだって気づいてなかったし」

「……え？」

「つーか、俺とはじめてちゃんと話した日のこと覚えてる？」

「忘れたことなんてないです。誕生日の夜……伽耶くんが助けてくれたとき……ですよね」

「それよりもっと前に、俺は心寧に助けてもらったんだよ」

去年の夏の終わりごろ……道で倒れそうになってる伽耶くんを、わたしが病院まで連れて行ったそう。

そういえば、そんなことがあったような。あのときは、とにかく助けるのに必死で、相手が誰とか気にしてる余裕なかったし。

「お前だから、誕生日のあの日……助けてやりたいと思ったし、そばにいてやりたいと思った」

「っ、そうだったんですね」

誕生日の夜のこと……わたしだけが覚えていて、伽耶くんにとってはもう忘れたことだと思っていたから。

「俺が心寧を好きな理由は、ちゃんとあるんだよ」

「っ……」

「心寧だから強く惹かれた」

ずっと、ずっと……この想いは一方通行で叶うことはないと思っていた。

伽耶くんは住む世界が違う、わたしが近づくことは到底許されない存在で……。

でも、少しずつ距離が縮まって、伽耶くんの優しさに何度も救われた。同時に好きな気持ちはどんどん膨《ふく》れていくばかり。

「そもそも俺は、心寧がケーキだってわかる前から、気になってたんだよ」

「じゃあ、いつわたしがケーキだって気づいたんですか……？」

「バイト帰り変な男に絡まれて俺が助けたときあったろ。あのとき、お前の涙で気づいた」

伽耶くんの言葉を聞けてよかった。それに、伽耶くんはちゃんと〝わたし〟を好きになってくれたんだ。

「伽耶くんのそばにいられるのは、わたしがケーキだからだと思って……」

「俺は心寧だから好きになったんだよ」

「……っ、幸せすぎて夢かと思っちゃいそう、です」

「夢にされたら困るんだけど。俺の彼女になるんだから」

「だ、だって……んんっ」

「んじゃ、今からたっぷり可愛がってやるからさ」

「へ……」

「俺に愛されてるって自覚、ちゃんとしろよ」

言葉通り、降り注ぐキスはただひたすら甘かった。

四章

甘い月夜

「か、や……く……んんっ」

「……まだ離さねーよ」

夜寝る前……伽耶くんの部屋に連れて行かれて、ベッドの上で甘い時間。

「心寧……もっと口あけろ」

「ふっ、ぅ……」

誘うように唇を甘く噛んでくる。口元がゆるむと、ゆっくり舌を入れて……絡めるように深く重なっていく。

もういったいどれくらいの時間こうしてるかわからないくらい。

「はぁ……あま」

苦しくなると、ちゃんと息をするタイミングを与えてくれる。

でも、そんなのほんとに一瞬で、スッと吸い込んだ瞬間にまた唇が塞がれる……

その繰り返し。酸素が薄くて頭ぼうっとする。

身体の力が抜けきって、伽耶くんにぜんぶを委《ゆだ》ねる。

「まだ足りねーよ」

乱れた呼吸を落ち着かせるひまなんてない……容赦ない甘い刺激。

「っ、やぁ……ん」

「どこ触ってもきもちいいんだ？」

「う、ちがぁ……っ」

「こんな敏感になってんのに？」

弱いところをうまく攻めて、快感を与えてくる。

身体の内側が沸々《ふつふつ》と熱をもって、分散しないのがもどかしい。

「……こうやってされるの好き？」

「ん……」

「言わないならもっとするけど」

指先の力が強くなって、刺激も強くなるばかり。

身体がもたないし、声もうまく抑えられない……っ。

「ははっ、きもちいい？」

「そんなイジワル言わないで、ください……っ」

余裕そうにキスを重ねて、刺激を止めてくれない。

「俺の彼女になったんだからさ、これくらいで満足するなよ」

ぜんぶ真っ白になって……気づいたら意識が飛んでいた。


次に目が覚めたのは翌朝――。

ん……？　なんか息が苦しい。唇に何か触れてる……？

だんだんと意識がはっきりしてきて、ゆっくり目を開けると……目の前に伽耶くんの整った顔が。

「かや、くん……？」

「やっと起きた。キスしても全然起きねーし」

「ね、寝てるときはダメって……んんっ」

「俺が我慢できねーの」

目線を自分の身体に落とすと、昨日の夜に伽耶くんに乱されたまま。

「バテるの早すぎな」

朝からこんなの心臓もたない。昨日の夜だって、意識飛ばしちゃったのに。

伽耶くんは、甘さの加減をまったく知らないから困る。

「あの……っ、ストップしないと、ふたりが来ちゃうかも……です」

「へー、そんなの気にする余裕あるんだ？」

「伽耶くん朝弱いはずじゃ……」

「心寧に触れると目覚めるみたい」

「っ……!?」

「だからさ、これから心寧がキスで起こして」

「なっ、無理ですよ……！」

「んじゃ、俺がしたいようにしていいんだ？」

「うぅ……っ、ダメです」

「ほんとにそう思ってんの？」

「ひゃっ……ぅ」

服の中に手を滑り込ませて、肌に直接触れてくる。

スッと撫でる大きな手が、少しずつ上にあがって。

「ははっ、ほんといい声出すよな」

「も、もうこれ以上は……っ」

すると、ノックもせずに部屋の扉がいきなり開いた。

「お前ら朝から何してんだ⁉」

「ほんと僕らに見せつけてくれるよね」

あわわっ、どうしよう。朱雀くんと畔上くんだ……。こんなところ見られちゃうなんて、恥ずかしすぎる……！

「……チッ。邪魔が入った」

ひっ、伽耶くんいま舌打ちした……⁉　それに、一気に機嫌が悪くなったような。

「わぁ、伽耶こわーい。ほら、心寧ちゃんも怖がってるよ？」

ふたりがベッドに近づいてくると。

「わわっ……きゃ」

すぐさま布団にくるまれて、ギュッと抱きしめられた。

「お前ら今すぐ部屋から出ろ」

「えー、なんで僕らにキレてるの？　元をたどれば、朝っぱらから心寧ちゃんを襲ってる伽耶が悪いんじゃない？」

「薫の言うとおりだぞ！　俺らなんも悪くなくね⁉」

た、たしかに。そ、それにしてもわたしはいつまでこうしてたら……。

「心寧ちゃんの服がはだけてたの、ちょっとしか見えなかったから。ね、一嘉？」

「お、お前……俺を巻き込むなよ‼　伽耶の顔見ろ！　今にも誰か殺しそうな目してるぞ⁉」

「嫉妬が抑えられないんだね」

「……お前、目つぶされてーの？」

「そんな物騒なこと言っちゃダメだよ。あっ、でも今の伽耶ならやりかねないね？」

「お前らいったんストップしろ！　なんで薫はいちいち伽耶を煽るんだよ！　伽耶も薫の言うこと相手にするなよ！」

朱雀くんが仲裁してくれたおかげで、なんとかこの場はおさまった。

＊＊＊

もう気づけば十一月に入り、本格的に秋っぽさが増してきた。

最近、変わったことといえば……倉木くんが自主退学をした。理由はとくに公《おおやけ》にされないまま。畔上くんの話だと、お父さんは仕事を辞めて、家族でこの街を出て遠くに引っ越したそう。

「心寧」

「……はっ、どうしました？」

いけない。少しぼうっとしてた。伽耶くんが心配そうに顔を覗き込んできた。

「呼んでも反応ないから」

「ご、ごめんなさい。少し考え事をしていて」

お昼休みはいつも伽耶くんとテラスで食べてるけど、そろそろ寒くなってきたから、場所を変えたほうがいいかな。

けど、ここのテラスはあまり目立たないから、できたらこのままがいいな。

学園内で唯一、伽耶くんとふたりで過ごせる場所だから。

授業が終わって、寮に帰ればふたりの時間はたくさんあるけど……。

できたら、いつも一緒がいいなって思うのはわがままなのかな。

「伽耶くん、寒くないですか？」

「ん……心寧の体温分けてもらってるから平気。心寧は？」

「ブランケットが活躍してるので大丈夫です」

寒がりな伽耶くんは、ピタッとわたしにくっついて眠そうにしてる。

お昼を食べ終わるといつもこんな感じ……なんだけど。

「なぁ、心寧」

振り向くと、さらっと唇が奪われた。あまりに突然すぎて、びっくりしてまばたきを繰り返す。

「ってか、これ邪魔。キスしにくい」

〝これ〟っていうのは、メガネのこと。

「寮ではしてないよな？」

「クラスであまり目立ちたくないので」

周りの女の子たちは、メイクをしたり、髪を巻いたり……いろんなトレンドを取り入れて、可愛くなる努力をしてるからすごいなって思う。

でもわたしは、やっぱりこのほうが落ち着くし、少しでも目立たないように平穏に過ごしたいから。

「まあ、心寧可愛いもんな」

「えっ⁉　そ、それは違います！」

「相変わらず自覚ねーのな」

「メガネ、取ったほうがいい……ですか？」

「いや、取らなくていい。むしろ他のやつが心寧の可愛さに気づいたら困る」

「えっ、あ……え？」

「つーかね、俺は心寧がどんな姿だろうとぜんぶ可愛く見えんの」

伽耶くんって、もっとクールな感じだったのに。付き合うようになってから、なんだか甘いオーラ全開な気がする。

「ただ、キスするとき邪魔なだけ」

伽耶くんの手によって、メガネがスッと外された。

間近で絡む視線にドキドキして、目をそらしたくなる。それに、いまだにこの距離感に慣れなくて、頬のあたりが熱を持ち始めてるのがわかる。

「それにさ……俺だけだよな。心寧のこんな顔、近くで見れるの」

「あ、あんまり見られるの恥ずかしい……です」

「優越感ってやつ？　俺だけが心寧の可愛さ独占してんの」

「そんな可愛いばっかり……っ」

「ぜんぶ可愛いよ……心寧」

まるで、わたしの反応を愉しんでるみたい。伽耶くんのそばにいると、心臓がひとつじゃ足りない。こんな調子で彼女がつとまるのかな。

＊＊＊

とある休みの日。

「はーい、みんな注目。これもらったからみんなで食べようよ」

リビングのテーブルの上に置かれた高級そうな箱。

「おい薫！　その笑顔怪しいぞ！　なんか企んでるな⁉」

「……一嘉に同意」

「ふたりともひどいなぁ。まあ、とりあえずこれ見てよ」

箱の中には、ボンボンショコラがたくさん。

「わぁ、おいしそうですね！」

どれも見た目は可愛いし、きっと甘くておいしいんだろうなぁ。

箱の中に入ってるチョコレートは、ぜんぶで九個。

「ちょっと強い洋酒が入ってるのが三つあるから。それ以外はぜんぶ甘いよ。いただきものだから、みんなで食べようかなって」

な、なるほど。わたしは洋酒が入ってるチョコレートは苦手だから、甘いのがいいな。見た目だけだと、どれが甘いのかはわからないみたい。

「なんか変なもの入れてねーだろうな」

「伽耶ってば疑い深いね。僕がそんなことするように見える？」

「その胡散臭《うさんくさ》い笑顔が怪しいんだよ」

「ほんとは媚薬《びやく》入りにしちゃおうかと思ったけど」

「……薫、お前死にたいの？」

「さすがにそれやっちゃうと、伽耶が黙ってないでしょ？　でも見てよ。心寧ちゃんの目すごくキラキラしてるよ？」

「あっ、わたしチョコレートだいすきで！　でも、洋酒入りは少し苦手です」

「じゃあ、ぜんぶ心寧ちゃんが食べちゃう？」

「でも、九個はちょっと多いので、三つだけもらってもいいですか？」

「うん、じゃあ好きなの選んでいいよ」

——三つ選んでぜんぶ食べてみたら事件発生。

「うぁ……なんか熱くてぼうっとします」

なんと、三つとも洋酒入りのチョコレートを選んでしまった。

気分がふわふわして、なんだか心地いい感じ。

心配した伽耶くんが、ベッドまで運んでくれた。

「なんでこんな引き弱いわけ」

「甘いの食べたかった……です」

あぁ、なんかさっきよりもクラクラする。気分も高揚《こうよう》してる感じ。

それに、今すごく伽耶くんに甘えたい気分。チョコレートのせい……かな？

「伽耶くん、もっとギュッってしたい」

自分から伽耶くんの首に腕を回して、抱きついてみた。

ほら、なんでかいつもより積極的になれてる気がする。

「こういうの嫌……っ？」

「むしろいつもこれくらいがいいんだけど」

なんて言いながら、優しく抱きしめ返してくれる。それが、とってもうれしくて、いつも言えないことも簡単に口にできちゃう気がする。

「伽耶くん……だいすき」

「…………」

「どうしようもないくらい、好きで仕方ないの」

「はぁ……急に甘えてくるの可愛すぎな」

ちょっと困った顔をして、唇にキスを落とした。

触れただけで、ゆっくり離れていった。

「俺が抑えられなくなるからここまで」

「いつももっとするのに……？」

「これでも心配してんだよ」

「心配？　どうして？」

「チョコに入ってる酒で酔うとか心寧くらいだろ」

そう言って、ベッドのそばにある大きな窓を開けてくれた。

頬のあたりがほんのり熱かったから、ひんやりした風があたるときもちいい。

「ん、あとちゃんと水も飲めよ」

空を眺めてると、横から抱きしめられた。

「伽耶くん優しい」

「心寧限定な。ってか、敬語じゃないのな」

「んー、なんか今は気分がいいから」

「……そ。ほんと何しても可愛いから困る」

「こうして伽耶くんの隣にいられるの、夢みたいっていつも思うの」

「ちゃんと現実だろ？」

「今までずっと、ひとりでいるのが普通で……誰かがこうしてそばにいてくれることもなくて。誰からも必要とされてこなかったから」

きっと、伽耶くんが見つけてくれなかったら、わたしはずっとひとりの世界のままだった。

「伽耶くんと一緒にいられる今がすごく幸せ」

ずっと、手の届かない存在で、密かに想うだけだった。

「ひとりでつらくて寂しかったわたしを、伽耶くんは何度も救ってくれたから。それに、伽耶くんといると、すごく前向きな気持ちになれるの」

真っ暗な世界にいたわたしを照らしてくれるのは、いつも伽耶くんだから。

「伽耶くんのそばで……これからもずっと同じ時間を過ごしていきたい……な」

急に眠気が強くなってきて、うとうと。

「ずっと、ずっと……伽耶くんが好き、だいすき」

今日は素直な気持ちが伝えられた気がするなぁ。

そのままゆっくり眠りに落ちた。

そして翌朝、目が覚めると伽耶くんも一緒に寝ていた。

昨日の夜のことはあまり覚えていなくて。でも、伽耶くんがとってもうれしそうに見えたのは気のせいかな？

甘い刺激

放課後、今日は畔上くんと朱雀くんが迎えに来てくれた。伽耶くんは家の用事があって、授業を休んでいる。

「つーかさ、ずっと気になってたけど、俺と薫だけなんで苗字呼びなん？」

そういえば、今まであんまり意識してなかったかも。

「伽耶だけ特別ってやつか？」

「下の名前で呼んでほしいってお願いされたので」

最初は全然呼び慣れなくて、最近やっと自然に呼べるようになった気がする。

「んじゃ、俺らもお願いすれば呼んでくれるってことだよな！」

「え？」

「苗字呼びなんて他人行儀だからやめよーぜ？」

「一嘉もたまにはいいこと言うね」

——ということで、ふたりも伽耶くんと同じように呼んでみることに。

しばらくして、伽耶くんが帰ってきた。

「えっと、薫くんと一嘉くんは晩ごはん何がいいですか？　伽耶くんは食べてきましたか？」

「んー、僕はなんでもいいよ。心寧ちゃんにまかせる」

「だなー。とにかく腹がいっぱいになるのがいいな！」

「……ちょっとまて。心寧、お前いまなんて言った？」

「ええっと、晩ごはん何がいいかなって」

「そこじゃない。アイツらのことなんて呼んだ？」

「薫くんと、一嘉くん、です」

「……は？　なんで呼び方変わってんの？」

あ、あれ……？　なんだかご機嫌斜めなのはどうしてだろう？　声のトーンがあからさまに低いし。

「ふたりからお願いされて」

「……へぇ。それでまんまと聞いたわけ？」

うっ、やっぱりなんか怒ってる……。不機嫌オーラ全開だ。

顔をプイッとそらして、何も言わずにリビングを出ていってしまった。

「あーあ、伽耶ってばわかりやすいね」

「アイツあんなわかりやすく態度に出るやつだったか？　心寧のことになるとすげーな」

「僕らに対しても嫉妬しちゃうなんて、伽耶はほんとに心寧ちゃんが好きで仕方ないんだね」

「心寧も大変だなー。つーか、アイツ心寧のことになると余裕ないよな」

「伽耶のいちばんの弱点は心寧ちゃんかな」

「だな。けど、あんま度がすぎると本気でキレそうだよな」

「まあ、ほどほどにって感じだね」

それから伽耶くんは部屋に閉じこもったまま。

最近は夜になると伽耶くんの部屋に呼ばれることが多くて、一緒に寝てるけど。

今日はあれからひと言も話してない。このままひとりで寝ようか迷った結果――。

「……なに」

伽耶くんの部屋に来てしまった。だって、怒ってる理由が気になるし、伽耶くんに冷たくされると寂しくなる。

「お、怒ってますか？」

「…………」

む、無視……。

「えぇっと……」

「お前さ、俺のことなんもわかってないね」

伽耶くんがドサッとベッドに座った。そして、そのままわたしの手を引いた。

「わわっ、きゃ……」

とっさにベッドに片膝をついた。伽耶くんの上に乗っかる体勢……これはやっぱり落ち着かない。

「なに薫と一嘉に乗せられてんの」

「呼び方のこと、ですか？」

「薫と一嘉はお前の特別じゃないだろ」

コクッとうなずくと――とどめの甘いひと言。

「心寧の特別は俺なの」

じっと見つめて……指を絡めてギュッとつないでくる。

「ここまで言えばわかる？」

伽耶くんって、あんまりそういうの気にしないと思ってた。

それに、こんなわかりやすく――。

「ヤキモチ……焼いてますか？」

「ははっ、なんかお前のほうが余裕そうだね」

危険で妖艶《ようえん》で……吸い込まれそうな瞳にとらえられたら……。

「――それ、ぜんぶなくしてやる」

「んんっ……」

唇が重なる瞬間は、いつもピリッと甘い刺激が走る。

「ほら、心寧……ここからどうするんだっけ？」

「っ、ぅ……」

「……ちゃんと俺が教えたろ？」

伽耶くんの手が後頭部に回る。さらに深くキスされて、頭がぼうっとする。

キスのとき、息止めちゃダメって言われたけど……やっぱりうまくできない。

「全然慣れないのな」

愉しむようにまんべんなくキスを重ねて、わたしから余裕を奪っていく。

キスが首筋から下に落ちて……左胸のあたりに真っ赤な痕がふたつ。

何度もキスが落ちて、あっという間に熱に溺れる。

「キスされながらここ触られんの好き？」

「っ、……」

「あー、そーやって声我慢すんの？」

「……うぁ、や……」

変な甘ったるい声を抑えたいのに、そうさせてくれない。

太ももをツーッと撫でて、その手が中でイジワルに動く。

ぐったりして自分の身体をうまく支えられない。

「こうやって掻き回されんのがいいんだ？」

弱いところをうまく攻めて、スッと抜かれると一気に身体が重たくなって……物足りなさを感じる。

「あーあ、俺の指こんなにしちゃって」

指をペロッと舐めたのが見えて、羞恥《しゅうち》に駆られる。

「ほんといい顔すんね」

何も考えられなくて、言葉が出てこない。

「……いちばんきもちいいときだったろ？」

「うぅ……」

「ここ、うずいて落ち着かない？」

伽耶くんの腕の中で、呼吸を整えるだけで精いっぱい。

「もっと激しくしてみたくなんね」

「こ、こんなのもうもたないです……！」

これ以上されたら、おかしくなっちゃう。

伽耶くんの甘さは容赦ないから困る。

＊　＊　＊

「ねぇ、神葉くん！　今日このあと一緒に出かけない？」

放課後、職員室に用事があって教室に戻ると、そんな会話が聞こえた。

「ここのカフェなんだけど、最近オープンしてSNSでも話題なんだよ～？」

スマホの画面を見せながら、伽耶くんと距離を詰めてる女の子が視界に映る。

ふたりはわたしに気づいていない。

教室の中に入るタイミング逃しちゃった……かも。

伽耶くんは、相変わらず女の子からものすごく人気。

同学年はもちろん後輩だって……学年が違っても、伽耶くんを狙ってる女の子は多い……らしい。

伽耶くんのことだから、断ってくれると思う……けど。

やっぱり、いざ誘われてるところを目の当たりにするともやもやしちゃう。

「はぁ～、やっぱり撃沈《げきちん》かぁ。神葉くん手強《てごわ》すぎだわ」

「ほんと相変わらずクールだよね～」

さっき伽耶くんを誘ってた女の子が教室から出てきたのが見えて、とっさに廊下の隅に身を隠した。

「話しかけてもほぼ無視だしさ。他にも誘ってる子いるらしいけど、ぜったいＯＫしてくれないんだって」

「神葉くんがよく話すといえば、アメールのふたりと蜜澤さんくらいじゃない？」

自分の名前が聞こえてドキリとした。

「蜜澤さんと神葉くんがふたりでいるところ、何度か見かけてる子いるんだよね。この前はテラスで一緒にお昼食べてたらしいよ？」

「えー、そうなの？　まさか付き合ってたりする？」

「ってか、仮に付き合ってたとしても奪っちゃえばよくない？」

「たしかに！　あんな地味な子に神葉くんはもったいないよね～」

すっかり浮かれてた……かもしれない。いつまでもわたしが伽耶くんの特別でいられるとは限らないわけで……胸のあたりがもやっとした。

嫉妬とか独占欲が膨れて……どんどん欲張りになっていく。

伽耶くんを信じてないわけじゃないのに、こんな気持ちになるの嫌だな……。

抱えたもやもやは消えることがないまま、夜を迎えた。

「心寧」

「……はっ、伽耶くん！」

「どうした？」

「い、いえ。えっと、次お風呂わたしですかね」

いろいろ考えていたら、時間の経過が早くてびっくり。

「そうだけどさ。なんかあった？」

「どうして、ですか？」

「なんか暗そうな顔してるし。いつもより落ち込んでるような気もする」

なんともないように振る舞ったはずなのに。些細なことでも気づいて、気にかけてくれるんだ。

「俺の気のせいならいいけど」

「だ、大丈夫です。昨日少し寝不足のせいもあって」

あぁ、わたしの悪いところ。言いたいことを呑み込む癖が出てしまった。

「体調悪い？」

「う、や……えっと」

お互いのおでこがコツンと触れる。唇が触れそうなこの距離感は、いまだにドキドキする。

「無理してないか心配」

「へ、平気です。心配かけてごめんなさい」

「別に謝ることじゃないだろ。つーか、なんでこれくらいで顔赤くしてんの」

「っ、だって、伽耶くんが近い……から」

「普段もっとすごいことしてんのに？」

「うぅ……イジワル言わないでください」

パッと立ちあがって、お風呂へダッシュ。

せっかく心配してくれたのに、逃げちゃったのはよくないかな。

お風呂でもいろいろ考えちゃいそうだから、のぼせないようにしないと。

それから一時間後――お風呂から出て、ベッドの上でぼうっと天井《てんじょう》を見る。

「はぁ……わたし心狭いなぁ……」

もう少し心に余裕を持ちたい。それに、もっと自分に自信が持てればいいのに。

すると、部屋の扉がノックされた。

誰だろう……？　この時間だったらたぶん――。

「やっぱ放っておけないいんだけど」

「伽耶、くん」

ぎゅうっと抱きしめられた。もちろん、強引な感じじゃなくて優しく。

「心寧が落ち込んでると心配で仕方ない」

「っ……」

「このまま俺の部屋に連れて行きたいけど……嫌なら無理強いしない」

嫌じゃないって意味を込めて首を横に振ると、伽耶くんの手によってふわっと身体が浮いた。

わたしの部屋を出て、伽耶くんの部屋へ。わたしを抱っこしたまま、ベッドに腰を下ろした。

「話せるまで待つから」

いつもこうやって、優しく寄り添うように聞いてくれる。

伽耶くんといると、今まで知らなかった感情がたくさん出てくる。

伽耶くんの服をつかんで、ギュッと抱きついた。少しびっくりした感じだったけど、ちゃんと抱きしめ返してくれる。

「積極的なの珍しいな」

「ヤキモチ、焼いちゃって……」

今日あったこと、自分が思ってること、ちゃんとぜんぶ話した。伽耶くんなら受け止めてくれると思ったから。

「伽耶くんは、わたしのなのにって……」

「急に甘えてくるの可愛すぎな」

「うぅ、からかってますか……？」

「俺のこと独占したいって思うんだ？」

「だって、こんなに好きなのに」

好きすぎて苦しいって、まさにこういうこと。こんなに近くにいるのに満たされない。もっと、もっと近づきたいって思っちゃう。

「はぁ……あんま可愛いことばっか言うなよ。抑えきかなくなるだろ」

「伽耶くんになら……ぜんぶ、食べられてもいい」

はじめて自分からキスした。これは、わたしの中にある本音で……もっとそばで伽耶くんを感じたい。

「……それ、撤回するなよ」

酔いしれるほどの甘いキスが繰り返されて、どんどん深く堕《お》ちていく。

恥ずかしいのに、だんだんそんなの考えられなくなる。

「キス……ばっかり……っ」

「ちゃんと慣らさないと心寧がしんどいから」

キスだけで身体は火照《ほて》って……うずく。じっくり溶かすように、優しくまんべんなく唇が触れて……。夢中になってると、肌が空気にさらされた。

身体中に落ちるキスと、与えられる刺激と……ぜんぶがはじめての感覚。

だけど、伽耶くんの触れ方はとびきり優しくて、ものすごく大切にしてくれてるのがわかる。

ぐわんと揺れて、熱い波が押し寄せて……圧迫されてるように苦しい。

「っ、心寧……ちゃんと息して」

「はぁ……っう、伽耶くん……」

もうどうしたらいいかなんて、考える余裕なんか残ってない。

ただひたすら甘くて熱くて……それがずっと身体に残って、うずきが止まらない。

「……少しゆっくりするから」

「っ、かやく……」

自分が自分じゃなくなりそうで怖い。

瞳からこぼれる涙を伽耶くんが拭ってくれる。

「俺にぜんぶあずけたらいい」

熱が一気にあがって、ぜんぶ弾《はじ》けた瞬間……意識が飛んだ。

きっとこんなに愛してもらえるのは、わたしだけ。

甘い猛攻

「お前さー、少しは場所わきまえろよ！」

「まったくだよね。伽耶はもっと自重《じちょう》すべきだよ」

晩ごはんを食べ終わってリビングでくつろいでいると、畔上くんと朱雀くんが呆れた様子でわたしたちを見る。

隣に座ってる伽耶くんは、ふたりがいるのも気にせず、わたしにずっとくっついたまま。

「……お前らが心寧に迫るのは禁止だから」

「伽耶だけ特別に許されてるみたいでムカつくね」

「なんか俺らマウント取られてね⁉」

「心寧の彼氏は俺なんだから当たり前だろ」

「あの伽耶がここまでぞっこんなの珍しすぎるよなー」

「ねーね、心寧ちゃんは僕のこと好き？」

「えっ⁉　急にどうしたんですか⁉」

今の話の流れから、なんでいきなり……⁉

「単純に気になったから聞いただけで、深い意味はないよ……たぶんね」

伽耶くんを目の前にして、なんて答えたらいいのか。

畔上くんのこと、人として嫌いではないし。だとしたら、ここは好きって答えるのが正しいのかな？

「じゃあ、好きか嫌いかで答えて？」

その二択なら……。

「えっと……好き、です」

「お前、心寧に何言わせてんだよ！　俺は知らねーからな！」

「ふっ、これできっと面白いことになるよ？　それに伽耶も悪いよ。僕らに散々見せつけてくるんだから」

「薫だけは敵に回したくねーわ！」

にっこり笑顔の畔上くんと、呆れ気味の朱雀くん。

伽耶くんはというと……。

「……チッ。その性格どうにかしろよ」

黒いオーラ全開です。

「彼氏ならこれくらい余裕でしょ？」

「煽り方がいちいちムカつく。つーか、心寧に余計なこと言わすな」

これがまさか、伽耶くんがとんでもないくらい甘く攻めてくるきっかけになるなんて。

＊　＊　＊

昨日からなんだか伽耶くんの機嫌が悪いような気がする。いつもこんな感じと言われたらそうかもしれないけれど。

昨日の畔上くんとのこと、何か気にしてるのかな。

「なぁ、心寧」

「は、はい！」

やっと話しかけてくれた。――と思ったら、なぜか空き教室に連れて行かれた。

身体を壁に押さえつけられて、逃げ場がないこの状況。

「俺のことどう思ってんの？」

「……へ？」

「ちゃーんと俺にわかるようにして」

何をしたらいいのかわからず、あたふたしてると伽耶くんはもっと不機嫌そうになっていく。

「ど、どうしたらいいですか？」

「へぇ……薫にはすんなり言えるくせに？」

「えぇっと、それは……っ」

伽耶くんにたいしての好きは、なんかこう伝えるのが恥ずかしいというか。

「心寧の彼氏は誰だっけ？」

「か、伽耶くんです」

「んじゃ、言えるよな」

や、やっぱり畔上くんのこと気にしてるんだ。

ちゃんと言葉にしたいのに、伽耶くんがキスで邪魔をしてくるから。

漏れるのは甘ったるい声ばかり。

「んっ、ふ……んんっ」

「……心寧」

「か、伽耶くん、まって……ください」

「んじゃ早く言って。できないならずっとこのままな」

ブラウスの中に簡単に手を滑り込ませてくる。

キスされながらこんなの、もたない……っ。

「この前から思ってたけどさ、心寧って着やせするタイプ？」

「……へ？」

「脱いだら結構いい身体してるから」

「っ⁉」

「俺好みでいいじゃんって」

伽耶くんは、たまにとんでもないことを言うから困る。

「好みとかある……んですか？」

「んー、とくになんもないけど……心寧だから抱きたくなんの、わかる？」

「なっ、うぅ……」

ほらまたとんでもないこと言ってる。

慌てるわたしを見て、何か思いついたのか愉しそうに笑ってる。

「その気にさせてやろーか？」

もう休み時間終わっちゃうのに。言葉通り甘く攻め立てる伽耶くんは、本当にずるいと思う。

じわじわと熱を広げて……火照った身体はさらに熱を帯びる。

「制服のままするのもありか」

スカートの中に入り込んでくる手を押さえる。

「んっ……伽耶くん、やだ……ぁっ」

「その顔はダメじゃないだろ？」

「伽耶くんが、甘いのばっかり教えるから……」

「……そ、俺のせいね」

落ち着かせたいのに、その余裕を与えてくれない。駆けめぐる甘さが、思考を麻痺させていく。

散々身体の熱だけあげられて、うずきも残されて。

「続きしてほしかったら心寧から誘えよ」

リボンをシュルッとほどかれた。

「これ、俺があずかっとくから」

なんだか中途半端な状態のせいか、身体の熱が落ち着かないし、内側がずっとうずいて変な感じがする。

これもぜんぶ、ぜんぶ伽耶くんのせい――。

＊　＊　＊

夜……伽耶くんの部屋、ベッドの上。月明かりが危険に笑う伽耶くんを照らす。

「なぁ、心寧……俺をその気にさせてみろよ」

「そんな、ずるい……です」

「俺のことどう思ってるのか……ちゃーんと言えよ？」

きっと、答えなんかわかってるのに。

「伽耶くんのこと、好きすぎて苦しい……」

「はぁー……可愛すぎて意味わかんない」

「こんなに誰かを好きになったのは、伽耶くんがはじめてです」

「もう俺がもたなくなるからいい」

「伽耶くんが言わせたのに……？」

「可愛すぎて破壊力やばいの」

ふぅっと深く息を吐いて、わたしを抱きしめた。

すると、伽耶くんが何かに気づいてピクリと反応した。

「ってか、中なんもつけてないの？」

なんのことか理解できず目をぱちくり。

「抱かれたくてやってんのかと思ったけど」

背中のあたりを指でなぞられて、ハッと気づいた。

「う、あ……っ、いつも寝るときの癖で……」

「お前ほんと無防備すぎね」

危険な笑みを浮かべながら、何度も唇を重ねる。こんなのぜったい溺れて抜け出せない。

「ひと晩中……俺が満足するまで付き合えよ」

甘い刺激的な時間は続き――。

「ここ好きなんだっけ？」

「っ、あぅ……」

「指だけでこんなになるんだ？」

「い、言わないで……っ、んん」

波が押し寄せて、身体の内側にある熱が弾けた瞬間――ぜんぶ真っ白になった。


翌朝――ゆっくり意識が戻ってきて、目が覚めた。

あれ……わたし寝ちゃってた……？　昨日どうなったんだっけ……？

シーツと伽耶くんのぬくもりにくるまれて……意識がはっきりしてきた。

伽耶くんもまだ寝てる。眠ってるときでも、相変わらずきれいな顔は崩れない。

それに――。

「……ん」

薄い唇から漏れる声が、鼓膜を揺さぶって……昨夜のことを思い出させる。

艶っぽい声色で、少し息を乱して、何度も求めてきて……。

うう、なんか恥ずかしくなってきた。伽耶くんはまだ寝てるし、起こすの悪いかな。ゆっくりベッドから抜け出そうとしたら。

「わわっ……」

ものすごい力で腕を引かれてベッドに逆戻り。

あ、あれ……起こしちゃったかな。

「……何してんの」

「えっと、お風呂……入りたくて」

「俺と一緒に？」

「ち、違います！　ひとりで……！」

「いいじゃん、俺と一緒で」

「よくないです……！　お風呂明るいし、その……」

「ぜんぶ見えるから？」

「っ⁉　い、言わなくていいです！　それにわかってるなら……わわっ」

まだ話してる途中なのに……！　わたしをひょいっと抱きあげた。

「もうぜんぶ見たし」

「なっ、うぅ……」

「ひと晩ずっと抱きつぶしたくなるくらい可愛いよ」

甘すぎてこっちの調子が狂っちゃう。

なのに、伽耶くんはもっと大胆なことを要求してくる。

「んじゃ、今から俺に抱かれるのと一緒に風呂入るのどっちがいい？」

「へ……」

「心寧に決めさせてやるよ」

「えっ、え……？」

「決められないならどっちもな」

これは選択肢を与えられてるように見えるけど、伽耶くんにとってはどちらでもいいんじゃ……？

——で、結局お風呂に入りたかったわたしは後者を選んでしまい。

「このままお湯に隠れたい、です」

「電気消してやったのに」

「朝だから明るすぎて、意味ないです」

少し大きめの窓からまぶしいくらいの日差しが入り込んでくる。

すぐ後ろに伽耶くんがいるってだけで、もう心臓バクバク。

「んじゃ、ちゃんとならしとく？」

わたしのお腹のあたりで組んでいる伽耶くんの手が、少しずつ動いて肌を撫でる。

身体が動くと、水がピシャッと跳ねる。

「心寧の弱いとこぜんぶ知ってる」

わざと耳元でささやいて、息を吹きかけるの……ずるい。

耳や頬、首筋……背中にも。キスがいろんなところに落ちていく。

唇が肌に触れるたびに、わかりやすく身体が反応しちゃうから。

「心寧」

「ひぁ、ぅ……」

電流が走ったみたいにピリピリする。まだ入ってそんなに時間は経ってないのに、もうのぼせちゃいそう。

クラクラして呼吸も浅くなってきて……どれだけ深く吸い込んでも、甘い声が漏れるだけ。

「ははっ、お前ほんとエロいね」

くるっと後ろを向かされて、唇が重なる。キスの熱に溺れる中、自分がどんな姿なのか気にしてる余裕なんか、とっくになくなっていた。

「いつもより敏感になってんね」

キスしながら器用に手を動かして、刺激を弱くしたり強くしたり。

「口塞ぐなよ」

「声、響くの嫌……なんです」

「そんな余裕なくしてやるからさ」

「っ、やぅ……」

「心寧の声、もっと聞きたい」

身体が熱くなってきたのは、キスのせいかお風呂のせいなのか……。

甘い可愛さ　～伽耶side～

「伽耶くん」

「…………」

「起きてください、朝ですよ」

ゆっくり目を開けると、いつも通り心寧が俺に優しく笑いかけている。

何気にこの時間がいちばん好きだ。目覚めた瞬間、真っ先に飛び込んでくる彼女の笑顔が可愛くないわけない。それに、心寧の声だとすんなり目が覚める。

「おはようです」

「……ん、はよ」

俺が顔を近づけると、大きな瞳がさらに見開かれて、すぐ真っ赤に染まる頬。

まだキスもしてないのに、なんでこんな赤くなってるんだ？　ってか、そろそろ慣れろって言ってるけど、心寧は相変わらずこの反応。

「あ、あの……なんか近いような気が」

「近づいてんの、わかんねーんだ？」

「準備しなきゃ……です」

「俺まだなんもしてねーよ？」

「伽耶くんは暴走すると止まらない、から」

「あぁ、昨日の夜も激しくしすぎた——」

「そ、それ以上は言っちゃダメです‼　リビングで待ってるので、ちゃんと着替えてください……！」

ははっ、あの慌てっぷりほんと可愛いな。これくらいであたふたして顔真っ赤にしてるのも心寧らしいか。

こんな感じで、俺たちの日常はかなり順調だ。

＊　＊　＊

そんなある日、心寧の様子がおかしいことに気づいた。不安そうな顔をして、それを隠そうとする。

心寧は前よりも感情が表に出やすくなったからわかる。……これは、ぜったい何かあった。

本人はうまく隠そうとしてるつもりだろうけど、そんなのぜんぶお見通し。

「心寧、どうした？」

なるべく怖がらせないように、心寧が話しやすい雰囲気を作る。無理やり言わせたくはないから、心寧が話せるまでいくらでも待つつもりだ。

不安そうな瞳が俺を見つめる。

何が心寧をそんな不安にさせてるんだ……？　できることなら、その不安をぜんぶなくしてやりたい。

「魅力的な子……たとえば他にケーキの子が現れたら、わたしは飽きられちゃうかもって……」

「どうしてそんなこと思う？」

話を聞き出すと、俺がいない隙にクラスメイトの女たちに絡まれたらしい。

心寧なりにいろいろ気にして悩んでいたみたいだ。

「伽耶くんにわたしは釣り合ってないって言われて……」

あー、くだらないこと吹き込みやがって。ある程度聞き出せば、相手が誰か特定できるだろうから、退学くらいまで追い込んでやろうか。

心寧を不安にさせて泣かせたら、どうなるか……周りに知らしめるいい機会かもしれない。

「でも、それは事実で……。だから、もっとちゃんと釣り合うように、努力したいって思うんです」

正直、釣り合ってるとかどうでもいいし、どんな心寧だろうと愛《いと》おしさが増すばかりだっていうのに。

「俺はお前しか見てないの。ってか、心寧以外の女にまったく興味ない」

仮に他にケーキが現れたとしても、まったく興味が湧かないと言いきれる。

そもそも俺は、心寧がケーキだから惹かれたわけじゃないしな。

「前も言ったろ？　心寧だから触れたいんだよ」

「ほ、ほんとですか……っ？」

あー……かわい。泣き顔にすら欲情しそうになって、揺れる理性をなんとか保つ。

「俺ね、心寧が想像してるよりもずっと心寧にはまってんの」

ここまで誰かに惹かれたのも、こんなに守りたいと思うのも心寧だけだ。

「わたし、ずっと伽耶くんのそばにいていいんですか……？」

「むしろいてくれなきゃ俺が困るんだけど」

他の男になんか死んでも渡さない。どれだけ愛しても愛し足りないくらい――可愛くて仕方ないって、こういうことなんだろうな。

「もっと、ギュッてしてほしい……です」

いつになく積極的な心寧は、簡単に俺の理性を壊しにかかってくる。

無自覚にこれをやるから、耐えられるのは俺くらいだと思う。

「ほんとかわいーな」

けど、俺も男だからさ――彼女がこんな甘え方してきたら、我慢の限界とかあるわけ。

雪のように真っ白な肌を赤く染めていく。すんなり身体の力が抜けて、俺にすべてをあずける。

「心寧だから好きなのわかんない？」

「いつか、いらないって言われちゃうのが怖くて……っ」

心寧がこんなことを言うのは、おそらく家庭環境が影響している。控えめで自信のない性格も、そこから来てるんだろう。

「俺はもう心寧じゃないとダメになるの」

不安になるなら、俺がいくらでも言葉にしてやる。

「心寧しかいらない」

俺のことで頭いっぱいにして、不安になって泣くって……可愛すぎるんだよ。

俺はいつだって、心寧のぜんぶを独占したくてたまらないのに。

「もっと俺に愛されてるって自覚しろよ」

＊＊＊

――とある休みの日。

「なんでお前らがいるわけ」

「えー、だって伽耶が珍しく出かけるっていうから」

「しかも、心寧に内緒とか俺らが尾行《びこう》するしかなくね⁉」

「一嘉は尾行の意味ちゃんと調べてこいよ」

俺が出かけるってなったら、なぜかおまけふたりがついてきた。

「心寧ちゃんに内緒ってことは、サプライズで何かプレゼントするんでしょ？」

薫は無駄に勘だけは鋭い。

「あの伽耶が女の子にプレゼントとはな！　昔だったら考えられねー。やっぱ心寧パワーすげーな！」

一嘉は無駄に喋るから黙らせたい。

……なんでコイツら勝手についてきてるんだよ。

「つーか、俺なんも許可してねーんだけど」

「このブランドに来たってことは、香水とか選ぶのかな」

「なら俺らも手伝おうぜ！」

ダメだ、コイツらまったく俺の話を聞いてない。

「けど、心寧ちゃんってあんまり香水つけてるイメージないよね。そういうの興味ないと思ってたよ」

「伽耶がつけてるから憧れてるんだろーな！」

「……お前らほんと何しに来たわけ」

ひとりでじっくり選ぶ予定が台無しだ。

心寧にぴったりのものを俺が選ぶ――はずだった。

「あ、これとか心寧ちゃん好きそうじゃない？」

「いや、心寧はこっちだろ！」

……なんでコイツら参戦してるわけ？　だいたい俺のほうが心寧の好みわかってるし。

「ほら、伽耶。この匂い心寧ちゃんに合うよね？」

手首にワンプッシュ甘ったるい香水がふられた。

「……却下」

これは完全に薫の好み。コイツまさか自分の好みの匂いを纏《まと》わせようとしてるのか？　薫ならやりかねない。笑顔でとんでもないことするから。

「心寧といえばこれだろ！　爽やかなピーチの香りだってさ！」

「……お前ら自分の好みのやつ選んでない？」

「そりゃそうだよ。僕の好みに決まってるじゃん」

「どうせなら自分が好きな匂いがいいよな！」

やっぱりコイツらと来たのが間違いだった。

結局らちがあかないから、何も買わずひとりで寮に帰ってきた。

なんかいつもの倍疲れた気がする。また機会を見て買いに行くことにするか。

「伽耶くん、おかえりなさい！」

「……ん」

「わわっ、急にどうしたんですか？」

心寧の顔を見たら、無性に抱きしめたくなった。

はぁ……やっぱ落ち着くし疲れも吹っ飛ぶ。

「っ、え……？」

一瞬、心寧の戸惑った声が聞こえた。

「心寧――」

「やっ、今の伽耶くんは、いや……っ」

柄にもなくショックを受けた。

いま何が起きたんだ？　心寧に拒否されたよな……？

「わたし以外の女の子に触れた伽耶くんは、嫌です……っ」

俺は心寧しか興味ないし、なんなら心寧しか近づけてないんだけど。

どうしてそんなこと思うんだ？

「いつもの伽耶くんじゃない……。出かけてたのも、女の子と会ってたから……ですか？」

これは確実に何か勘違いしてるな。それに、わかりやすく嫉妬してる。

嫉妬にまみれた心寧は、いつもよりさらに可愛くて色っぽい。心寧の熱い息と甘い声が、俺の欲を簡単に高ぶらせる。

「伽耶くんは、わたしの……です」

普段控えめなくせに、この可愛さは反則すぎる。

少し不安そうにして、瞳を潤ませて……。

「そうだよ、俺は心寧のだよ」

「でも、香水の匂い……」

あー、これは薫のせいだ。

「テスターしただけ」

「ほんと、ですか？」

「なんなら薫と一嘉も一緒だったから」

ここにきて、アイツらがいてよかったかもしれないと思った。

心寧は嫉妬するといつもより感情がわかりやすく表に出る。これくらい独占欲を出してくれてもいいと本気で思う。

さらに積極的な心寧は、俺の首に腕を回して抱きついてくる。

あー……これ生殺しかよ。なんか俺ばっか翻弄《ほんろう》されてない？

「心寧さ、俺のこと好きすぎな？」

「っ……！」

「可愛すぎて我慢できないからさ……ちゃんと付き合えよ」

小さな唇をそっと塞いだ。軽く触れただけで身体を震わせて、さらに深く口づけすると甘い声が漏れる。

俺が与える刺激に耐えられないのか、快楽《かいらく》に溺れて小さく痙攣《けいれん》している。

「なぁ、心寧……欲しい？」

「ふぇ……？」

「心寧のしたいこと、ぜんぶしてやる」

たくさん甘やかしてやりたいし、可愛がりたい……もっと支配したい。

「どこがきもちいいか……ちゃんと教えろよ？」

「っ、や……そこはダメ……なの」

「ふーん、ここね」

「ひぁ、ぅ……」

素直に反応して、欲しがる心寧は最上級に可愛い。

けどさ、どうせならもっと俺を求めるように仕向けたい。

キスも触れるのも、すべてを止めた。

「はぁ……っ、え……？」

残念そうな声に、物足りなさそうな顔。もっと欲しがってんのもわかりやすくて可愛いからたまらない。

「そそる反応ばっかするなよ」

「だって、伽耶くんが……うぅ」

「はぁー……ほんと可愛すぎな」

自然と上目遣いで頬を赤くして、いちいち俺を翻弄してくるから困る。

「伽耶くんに言われると、胸がぎゅうってなります」

「俺のほうがどうにかなりそう」

「っ⁉」

「俺をこんな夢中にさせたんだから責任取れよ？」

俺には心寧さえいたら、何もいらない。

一生かけて大切にしたい――心寧は俺にとって特別な存在だ。

＊END＊

あとがき

いつも応援ありがとうございます、高見未菜です。

この度は、数ある書籍の中から『孤高の極上男子たちは彼女を甘く溺愛する』をお手に取ってくださり、ありがとうございます。

皆さまの応援のおかげで二十四冊目の出版をさせていただくことができました。


今作は、ケーキバース×逆ハーをテーマに書きました。最初、ケーキバースという題材は決まったけれど、設定はどうしよう……あっ、そういえば逆ハー書いたことないかも！と思い書き始めたのがきっかけでした。

控えめだけど、伽耶と出会って少しずつ変わっていた心寧。クールで一匹狼気質だけど、心寧だけにはとびきり甘い伽耶。腹黒さとあざとさと優しさを持ち合わせた薫。明るさとまっすぐさがある一嘉。キャラクターが多いと書き分けるのが難しかったり、うまくまとまらないかもと思ったりしたんですが、すごく楽しく書くことができました！

最後になりましたが、この作品に携わってくださった皆さま、本当にありがとうございました。

今回イラストを担当してくださった久我山ぼん様。逆ハー感満載の素敵なカバーイラストがとてもお気に入りです！　キャラクターのビジュアルや制服イメージも細かく応えていただきありがとうございました！

そして、わたしを応援してくださっている読者の皆さま。

いつもたくさんの読者の皆さまに支えていただき、今わたしは作品を書くことができています。本当にありがとうございます……！　引き続き応援していただけるとうれしいです！

二〇二四年六月二十五日　高見未菜

著・高見未菜(たかみ・みな)

中部地方在住。4月生まれのおひつじ座。ひとりの時間をこよなく愛すマイペースな自由人。好きなことはとことん頑張る、興味のないことはとことん頑張らないタイプ。無気力男子と甘い溺愛の話が大好き。別名義・みゅーな**としても活動中。近刊は『絶対強者の黒御曹司は危険な溺愛をやめられない』など。

絵・久我山ぼん(くがやま・ぼん)

岐阜県出身、9月生まれの乙女座。締切明けのひとりカラオケが最近の楽しみ。2018 年漫画家デビューし、noicomiにて『1日10 分、俺とハグをしよう』(原作:Ena.)のコミカライズを担当。

高見未菜先生へのファンレター宛先

〒104-0031
東京都中央区京橋1-3-1 八重洲口大栄ビル7F
スターツ出版(株) 書籍編集部気付
高見未菜先生

孤高の極上男子たちは彼女を甘く溺愛する

2024年6月25日　初版第1刷発行

著者　高見未菜　

発行人　菊地修一

イラスト　久我山ぼん

デザイン　粟村佳苗(ナルティス)

DTP　久保田祐子

発行所　スターツ出版株式会社
〒104-0031
東京都中央区京橋1-3-1 八重洲口大栄ビル7F
TEL 03-6202-0386(出版マーケティンググループ)
TEL 050-5538-5679(書店様向けご注文専用ダイヤル)
https://starts-pub.jp/

印刷所　株式会社光邦

Printed in Japan
ISBN 978-4-8137-1599-3 C0193

もっと、刺激的な恋を。

野いちご文庫人気の既刊！

『極悪非道な絶対君主の甘い溺愛に抗えない』

柊乃《しゅうの》なや・著

「運命の相手」を探すためにつくられた学園で、羽瑠は冷徹な御曹司・俐月と出会う。高性能なマッチングシステムでパートナーになったふたりは、同じ寮で暮らすことに。女子を寄せつけない俐月が自分を求めるのは本能のせいだと思っていたけれど、彼からの溺愛は加速していくばかりで…!?

ISBN978-4-8137-1586-3　定価：704円（本体640円＋税10%）

『高嶺の御曹司の溺愛が沼すぎる』

丸井《まるい》とまと・著

亜未が通う学校には超絶クールな御曹司・葉がいる。誰もが憧れる彼と恋愛で傷心中の自分は無縁のはず。でも葉に呼び出された亜未は、葉の秘密を守る恋人役に使命されて!?　利害が一致しただけのはずが、葉は亜未だけに甘く迫ってくる。「他の誰かに奪われたくない」極上の男の溺愛沼は超危険！

ISBN978-4-8137-1585-6　定価：671円（本体610円＋税10%）

『絶対強者の黒御曹司は危険な溺愛をやめられない』

高見未菜《たかみみな》・著

高校生の冬亜《とあ》は、不遇な環境を必死に生きていた。ある日、借金返済のため母親に闇商会へと売られてしまう。絶望の中、“良い商品になるよう仕込んでやる”と組織の幹部補佐・相楽《さがら》に引き取られた冬亜。「お前…本当に可愛いね」──冷徹だと思っていた彼に、なぜか甘く囁かれて…？

ISBN978-4-8137-1573-3　定価：693円（本体630円＋税10%）

『最強冷血の総長様は拾った彼女を溺愛しすぎる』

梶《かじ》ゆいな・著

両親を失い、生活のためにバイトに明け暮れる瑠佳は、最強の冷血総長・怜央から仕事の誘いを受ける。それは怜央の敵を引きつけるために、彼の恋人のふりをするというもので!?「条件は、俺にもっと甘えること」女子に無関心な怜央との関係は契約のはずが、彼は瑠佳にだけ極甘に迫ってきて…？

ISBN978-4-8137-1572-6　定価：715円（本体650円＋税10%）

書店店頭にご希望の本がない場合は、書店にてご注文いただけます。

もっと、刺激的な恋を。

♥野いちご文庫人気の既刊！♥

『無口な担当医は、彼女だけを離さない。』

透乃《とうの》 羽衣《うい》・著

過去のトラウマにより病院へ通えずにいる栞麗は、ある日、体調を崩し倒れてしまう。そこを助けてくれたのは偶然居合わせた医者・世那だった。半ば強引に栞麗の担当医になった世那は事情を察し、「俺の家に来いよ」と提案。クールな世那との同居は治療のためのはずが、彼は栞麗にだけ極甘で!?

ISBN978-4-8137-1559-7　定価：715円（本体650円＋税10%）

『どうせ俺からは逃げられないでしょ？』

菜島千里《なじまちさと》・著

恋愛にトラウマを抱えている菜々美は無理やり誘われた合コンで、不愛想だけど強烈な瞳が印象的な暁人に出会う。ずっと彼を忘れられなかったけど、もう会うこともないと諦めていた。そんな中、母親が再婚し、“義兄”として現れたのはなんと“暁人”で…。義兄との禁断の甘い同居に注意！

ISBN978-4-8137-1558-0　定価：715円（本体650円＋税10%）

『気高き暴君は孤独な少女を愛し尽くす【沼すぎる危険な男子シリーズ】』

柊乃《しゅうの》なや・著

父親の再婚で家での居場所を失った叶愛が夜の街を彷徨っていると、裏社会の権力者である歴に拾われた。そして叶愛を気に入った歴は彼女を守るためと結婚を持ち掛けてくる。半信半疑の叶愛だったが、待っていたのは歴からの甘い溺愛だった。しかし、歴の因縁の相手に叶愛が拉致されて…!?

ISBN978-4-8137-1547-4　定価：715円（本体650円＋税10%）

『添い寝だけのはずでしたが』

acomaru《アコマル》・著

住み込みのバイトを始めた高２の寧々。その家には、寧々と同い年で学園を支配する御曹司・葵がいた。バイトとは、彼の不眠症を治すために同じベッドで寝ることで…!?　無愛想で女子に興味がない葵だけど、自分のために奮闘する寧々に独占欲が溢れ出す。二人の距離は夜を重ねるごとに縮まり…？

ISBN978-4-8137-1546-7　定価：682円（本体620円＋税10%）

書店店頭にご希望の本がない場合は、書店にてご注文いただけます。

もっと、刺激的な恋を。

野いちご文庫人気の既刊！

『冷酷執事の甘くて危険な溺愛事情【沼すぎる危険な男子シリーズ】』

みゅーな・著**

高１の柚禾は後継ぎを条件に祖父に引き取られ、豪邸に住むことに。そこには、専属執事の埜夜がいた。彼は完璧執事かと思いきや、危険な裏の顔があって…!?　柚禾に近づく輩は容赦なくひねり潰すが、ふたりきりになると極甘に!?「俺以外の男なんて知らなくていい」冷血執事の溺愛は刺激的！

ISBN978-4-8137-1532-0　定価：715円（本体650円＋税10%）

『クズなケモノは愛しすぎ』

吉田《よしだ》マリィ・著

人並みに青春したいのに、幼なじみ・蒼真の世話係をさせられている葵。しかも蒼真は女子なら来るもの拒まずのクズなケモノ!!　蒼真にだけは身も心も許してたまるか！と思っていた葵だけど、ある日、「死ぬほど大切な女がいる」と宣言した蒼真に迫られて!?　強引クズ男子の溺愛が止まらない！

ISBN978-4-8137-1531-3　定価：715円（本体650円＋税10%）

『捨てられ少女は極悪総長に溺愛される【沼すぎる危険な男子シリーズ】』

柊乃《しゅうの》なや・著

高2のあやるはある日、学園の権力者集団“BLACK KINGDOM”が指名する“夜の相手役”に選ばれてしまう。誰もが羨む役割を、あやるは拒否。しかし、総長の千広に熱情を孕んだ眼差しで捉えられて…!?　誰もが恐れる絶対的支配者の危険な溺愛が止まらない！

ISBN978-4-8137-1523-8　定価：本体715円（本体650円＋税10%）

『私たち、あと半年で離婚します！』

ユニモン・著

御曹司の同級生・清春と政略結婚することになった高３の陽菜。ずっと清春のことが好きだったのに、彼の態度は冷たく結婚生活はすれ違い。さらに、義母から離婚してほしいと頼まれ…。彼に離婚を告げるとなぜか態度が急変！　半年後に離婚するはずなのに、溢れ出した愛が止まらなくて…。

ISBN978-4-8137-1522-1　定価：本体715円（本体650円＋税10%）

書店店頭にご希望の本がない場合は、書店にてご注文いただけます。